패션왕

소설

패션★왕

글 와이랩(YLAB) | 윤문 3B연필

피카디리

차례

끝나지 않는 것은 없다.

구름도, 나무도, 그리고 사람도 언젠가는 사라진다.

그래서 난 아무것도 하지 않는다.

내 이름은 우기명.

난 세상에 흔적을 남기지 않고 살려고 한다.

★ 강원도 촌놈 우기……
★ 아니, 무기명

아침부터 유난히 부산스러웠던 2월의 어느 날.

강원도의 한 중학교에서는 여느 곳과 다름 없는 졸업식이 시작되고 있었다. '졸업을 축하드립니다'란 현수막이 나부끼는 가운데, 이날의 주인공들은 강당으로 모였다. 왁자지껄 저마다 무리지어 앉아있는 학생들 속에, 홀로 말 걸어주는 이 하나 없이 앉아있는 소년. 바로, 우기명이다.

"무기명! 이 씨버로오옴아!"

또 시작됐다.

퍽!

소위 일진인 놈 하나가 기명의 뒤통수를 치는 바람에 쓰고 있는 기명의 안경이 삐뚤어졌다.

'하아…… 새끼. 손 존나 맵네.'

기명이 속으로 본심을 삼키며 안경을 바로 쓸 찰나, 어느새 그의 주위로 일진 녀석들이 둘러싸고 앉았다. 주위에 있던 아이들은 알아서 자리를 비켰다. 뒤통수를 때린 놈은 기명의 앞자리에 앉아 등받이에 턱을 괴고 말을 걸기 시작했다.

"무기명 졸업 축하한다?"

"어? 어어…… 고마워."

"쳐 웃긴. 눈 깔어, 새끼야."

"……."

강기태. 이놈은 혼자 있을 땐 아무것도 아닌 놈이다. 일진 놈들과 몰려다녀야 뭐라도 된 듯 굴 뿐, 싸움도 못하고 말만 번지르르한 놈. 그러나 기명은 눈을 깔라는 말에 슬그머니 시선을 내리깔았다.

"이 새끼도 참 용하다. 빵셔틀 생활 3년 내내 존나게 맞았어도 결석 한 번 안 하고 결국 꿋꿋하게 졸업하네."

"……."

다른 일진들 중 하나가 헤드락을 걸며 말을 걸었다. 기명은 아무 말도 하지 않았다. 가만히 있었다. 그래야 빨리 끝난다고, 반응 하지 않아야 빨리 끝낼 수 있다고 생각했다.

"야 이 새끼야. 너 서울 간다며?"

"……어어."

"근데 왜 말을 안 해. 이사를 가면, 간다고, 말을, 해야지, 새끼야!"

"아…… 미안."

"미안? 미안?"

음절마다 박자를 주며 손바닥으로 기명의 머리를 한 대씩 내리치는 이놈은 박상철. 이 새끼는 발차기가 압권이다. 운동을 해서 그런지 다리에 힘이 장난 아니다. 기명은 특히 이 녀석을 조심했다. 맞을 때 좀 아픈 새끼였으니, 그의 신경을 건드리는 일은 없어야했다.

"존나 섭섭해서 어쩌냐."

"……."

"그런 의미에서 돈 좀 있냐."

"어?"

"너 없으면 졸라 심심할 텐데, 재미 좀 봐야지."

"……."

"너 전학 간다고 친구가 이렇게 슬퍼하는데 왜, 못 주 겠냐."

손바닥을 펼쳐 까딱까딱하는 이놈은 구세주. 이름과 걸맞지 않게 하는 짓은 애들 삥이나 뜯고 나니는 녀석이 다. 기명은 잠시 머뭇거렸다. 어차피 졸업만 하면 놈들과 도 영원히 빠이빠이인데, 그냥 주지 말까. 그러다 습관적 으로 주머니에 있는 돈을 꺼내려는 그때였다.

"야, 거기! 제자리로 안 돌아가!"

학주가 소리쳤다.

'다행이다.'

타이밍 맞게 등장해서 일진들을 물리쳐줬다. 놈들은 쭈뼛대며 자리로 돌아섰고 덕분에 아무 일 없이 지나갈 수 있었다.

획!

아니, 순식간에 기명의 손에 든 돈을 뺏어가는 구세주. 결국 기명은 마지막까지 삥을 뜯기고 말았다.

그렇다. 기명은 3년 내내 일진들에게 돈을 갖다 바치고, 것도 모자라 빵셔틀이나 하는 놈이었다. 그래도 학교는 포기하지 말자며, 이렇게 꿋꿋하게 버티다보면 언젠가 저들보다 더 높은 곳에 있을 거라고 생각하는 놈이었다. 그래서 버텼다.

그러나 그렇게 버텨온 기명은, 대한민국의 보잘 것 없는 청소년, 우기명일 뿐이었다. 아니, 결국 아무도 그를 알아주지 않는 무기명……이었다.

치이익.

불판 위에 올려진 고기들이 뜨거운 열에 익어갔다. 기명은 고기가 빨리 익길 기다렸다. 정성껏 고기를 굽던 기명 엄마는 고기를 구우며 잔소리를 시작했다.

"기명아."

"응?"

"이제 서울로 이사 가면 정신 바짝 차려야 한다. 서울 애들은 여기 촌뜨기처럼 안 그런대. 만만해보이면 얕잡아 보고 그런다더라."

"아, 알어."

치익. 고기가 익어간다.

"그래도 네가 공부는 좀 하니까 어디 가서도 무시는 안 당하겠지. 그럼, 그럼. 내 아들이 어떤 아들인데."

"⋯⋯."

기명이 얼추 구워진 고기를 한 점 집으려는데, 탁! 기명의 엄마가 집게로 그의 젓가락을 쳤다. 먹지 말라는 신호였다.

"아직 안 익었어."

"그럼 이리 줘. 내가 잘라 먹을게."

"됐어. 엄마가 잘라주는 게 맛있다니까?"

"⋯⋯."

"암튼 넌 이제부터 대학 갈 생각만 해. 알았지?"

"어, 어, 알았어."

기명은 습관적으로 고개를 끄덕거리긴 했지만, 아직 대학이란 자신과는 거리가 먼 것이라고 생각했다.

'대학이라……'

솔직히 모르겠다. 왜 대학에 들어가야 하는지, 자신이 뭘 잘하고, 또 뭘 하고 싶은지.

솔직히 말하면 기명은 대학에 들어가는 것보다 지금 당장이 중요했다. 새로운 집, 새로운 학교, 새로운 자신. 서울로 이사 가면 달라지고 싶다. 지금까지의 구질구질했던 생활들을 청산하고 새로운 사람이 되고 싶다.

'아니, 그렇게 될 것이다. 반드시!'

서울특별시 성동구 옥수동에 있는 다세대 주택 앞.

"……"

"뭐해? 짐 안 옮기고?"

"여기가 우리 집이라고?"

"그래, 앞으로 새롭게 시작할 우리 집이다. 이 녀석아."

"헐. 이게 진짜 집이라고?"

기명은 낡아빠진 집을 보니 새로운 시작은커녕 더 구

질구질해질 것 같다는 생각이 들었다. 엄마와 이삿짐센터 아저씨들은 빨리 일을 끝내기 위해 열심히 짐을 날랐지만, 기명은 현관 안에도 들어가기 싫다는 듯 꺼려했다.

"안녕?"

"……!"

'헉!'

"……뭐야? 나 뭐 묻었어? 뭘 그렇게 빤히 쳐다 봐?"

갑자기 나타난 여자애. 부스스한 머리에 주근깨 난 얼굴, 도수 높은 안경에 교정기까지. 기명은 여자애를 보고 생각했다.

"못생겼다."

"헐퀴. 뭐?"

"아, 아니. 저거……."

기명은 반사적으로 여자애가 안고 있는 고양이를 가리켰다. 눈, 코, 입이 가운데 몰린 게…… '얘도 못생겼다.'

"아아. 우리 빈이야. 원빈."

"……헐."

기명이 어이없다는 표정을 짓자 여자애가 기명을 흘겨봤다. 기명은 애써 시선을 외면했다. 그때였다. 이삿짐을 나르던 기명의 엄마가 기명의 등짝을 때리며 말했다. 팍!

"아야!"

"이 녀석아. 못생긴 애한테 못생겼다고 하면 어떡해!"

"아씨, 아퍼!"

"아이고. 네가 주인집 딸이구나? 예쁘게 생겼네."

못 생겼다고 할 땐 언제고, 예쁘게 생겼다며 생글생글 웃음을 날리는 엄마.

"네. 안녕하세요. 아빠가 수도세 정산하는 거 알려드리래서요."

"어, 그래, 그래. 아버님한테 얘기 들었다. 네가 그렇게 공부를 잘한다며? 학교에서 전교 1,2등 한다던데. 어쩜 똑똑한 애들은 딱 봐도 공부만 한 티가 난다니까."

기명이 새로 이사 온 집의 주인집 딸, 곽은진. 기명은 은진을 위아래로 훑어봤다. 어느 학교에나 있을 법한 흔하디흔한 캐릭터다. 기명이 관심 없다는 듯 안으로 들어가려는 찰나, 엄마의 손이 그의 뒷덜미를 확 잡았다.

"!"

"얘는 기명이야. 우기명."

"아아…… 안녕?"

다시 한 번 인사하는 은진에게 힐끗 눈길만 주는 기명.

"은진아. 너 학원 다니는 데 있지? 괜찮으면 우리 기명이한테도 소개시켜줘. 응?"

"학원이요?"

"그래. 기명아. 너도 개학하기 전에 미리 학원부터 다녀야겠지?"

엄마는 기명에게 물었다.

"관심 없어."

"기명이도 다니고 싶단다."

결국 일방적으로 묻고 일방적으로 답을 내렸지만.

"그래요? 제가 다니는 학원이 수강료도 싸고 선생님도 잘 가르치시는데. 소개시켜드릴까요?"

"아 진짜, 안 다닌다고!"

"좋은 말로 할 때 다녀. 남들은 못 가서 난린 데 왜 이래!"

기명은 학원에 다니지 않겠다고 발악해보았지만, 결국
엄마의 성화의 못 이겨 기어이 오게 됐다.

"여기야."

은진과 함께 오게 된 학원은 생각보다 컸고 학생들도
많았다. 5층짜리 건물이 불 꺼진 곳 하나 없이 돌아가고
있었다.

"들어가서 카운터에서 등록하면 돼. 바로 시험보고 반
배정 받으니까 열심히 하고. 이따 학원 끝나면 집에 같이
갈래?"

"끝나는 시간은 다 똑같아?"

"응."

"이따가 끝나면……."

부웅. 그때였다. 바이크 한 대가 빠른 속도로 인도에
들어왔다. 기명은 순식간에 은진의 팔을 잡아당겨 자기
쪽으로 끌어당겼다.

"……!"

"……괜찮아?"

기명은 바이크를 한번 보고는 은진에게 물었다. 은진은 얼이 빠진 듯 아무 말도 없었다.

"뭐야. 너 얼굴이 왜 이렇게 시뻘겋냐."

"……뭐, 뭐? 내 얼굴이 왜."

"괜찮냐고."

"어어, 그럼 괜찮고말고."

은진은 흡사 자신을 끌어안은 듯한 기명의 손길에 얼굴을 붉혔다. 재빨리 양 볼을 감싸 쥐며 기명에게서 떨어졌지만, 떨리는 가슴은 멈추지 않았다.

"암튼 나 같이 다니는 거 별로 안 좋아해. 끝나면 너 먼저 가."

"어, 어, 그래. 알았어. 그럼 나 먼저 갈게."

은진은 기명을 향해 어색하게 웃어보이곤 뒷걸음질을 치며 학원에 들어갔다. 기명은 은진의 이상한 행동에 '쟤 왜 저래?' 하며 고개를 갸우뚱거렸다. 그리고 학원에 등록하기 위해 뒤따라 안으로 들어가려는 찰나, 어딘가로 시선이 향했다. 조금 전에 기명을 스치고 지나간 바이크였다.

"김원호. 땡큐."

"!"

바이크에서 내리는 여자애 하나가 눈에 들어왔다. 쓰고 있던 헬멧을 벗자 조막만한 얼굴에 찰랑거리는 머릿결, 어딘가 도도한 듯 새침데기 같으면서도 청순한 그녀…… 예쁘다! 저런 예쁜 앨 만나는 놈은 도대체 어떤 놈일까.

다음으로 기명의 눈에 헬멧을 벗는 남자애가 들어왔다. 큰 키에 길쭉길쭉한 팔과 다리, 카리스마 있는 눈빛에 날카로운 턱선까지…… 한마디로 존잘이다.

"야, 박혜진!"

박혜진?

"주말에 약속 잊지 마."

"알았어. 그러는 너나 잊지 마."

여자애 이름이 박혜진? 두 사람 사이가 심상치 않아 보인다. 남자친구인가? 어? 점점 다가온다. 혜진은 한 발짝 한 발짝 기명에게로 다가왔다. 꿀꺽. 기명은 침을 삼켰다. 어디로 가야할지 몰라 안절부절못하고 있는데, 급기야 혜진과 눈이 마주쳤다.

"!"

기명은 그 자리에 멈춰 섰다. 흡! 가까워질수록 호흡이 곤란해져온다. 저렇게 빤히 쳐다보며 다가오는데, 설마 자신에게 말을 걸려고? 그렇다면 먼저 인사라도 해야 할까. 기명은 오만 가지 생각이 스치고 지나갔다.

"아, 안······."

'녕'이라고 말하려는 순간, 혜진은 기명을 지나쳐 학원 안으로 들어가 버렸다. 역시 그럼 그렇지. 저렇게 예쁜 애가 기명에게 먼저 말 걸어줄 리가 없다. 기명은 혜진이 들어가 버린 학원 문을 멍하니 바라봤다.

"야."

기명은 자신의 귀에 내리꽂는 한마디에 시선을 돌렸다. 나이키 저지에 슬리퍼를 질질 끌며 기명에게로 다가오는 또 다른 남학생이 보였다. 딱 봐도 힘이 세보였다.

"나, 나?"

"그럼 거기 너 말고 누구 있냐."

"왜, 왜애?"

"왜애? 너 이 새끼, 아까부터 뭘 그렇게 보냐."

"뭐, 뭐를?"

"아까부터 계속 박혜진 다리 훔쳐봤잖아!"

남학생은 위협적으로 기명에게 다가왔다. 그리고 기명의 머리를 한 대씩 힘을 주며 때리기 시작했다. 기명은 언제나 그렇듯 맞고만 있었다. 왜 때리느냐고, 아니라고 반박도 못하고 맞았다. 서울 올라오면 새롭게 달라질 수 있을 거라고 생각했는데, 역시나 기명은 그동안 그래왔던 것처럼 강자의 먹잇감일 뿐이었다.

그런데 그때였다. 척! 남학생의 손이 멈췄다.

"……?!"

"그만해. 김두치. 양아치냐."

멋있게 바이크를 타고 나타난 그 남학생이었다. 기명을 때리는 두치의 손을 잡고는 그만 하라는 말 한마디를 날렸다.

"김원호. 이 새끼가 글쎄 박혜진……."

원호가 두치에게 눈짓을 하자, 두치는 아무 말 없이 팔을 내렸다.

"미안. 두치 대신 사과할게."

"어? 아…… 응."

"이름이 뭐냐."

"어…… 난 우기명."

"난 김원호. 여기 다니려고?"

"응……."

"중3?"

기명은 고개를 끄덕였다.

"고등학교는 어디로 떨어졌냐."

"기안고."

"그래? 앞으로 자주 만나겠네."

시크한 표정에 시크한 말투, 시크한 행동까지. 포스가 남다른 애다. 기명이 원호에 대해 그렇게 생각하고 있을 동안, 원호는 지갑에서 만 원짜리 지폐 한 장을 꺼냈다.

"기명아. 저 끝에 가면 편의점 있지? 거기서 빵 하나 사먹어."

"!"

기명에게 만 원짜리를 건네는 원호, 그리고 그런 원호와 지폐를 번갈아보는 기명 사이에 일순간 침묵이 흘렀다.

"아! 미안. 내가 말하는 게 이렇다니깐. 이건 그러니까 두치 대신 사과하는 의미로다가…… 좀 그렇지? 싫으면 그냥 내가 가서 사다줄까?"

"아냐. 그냥 내가 가서 사올게."

기명은 원호가 건넨 돈을 받았다.

"그럴래? 그러면 미안한데 오는 길에 내 것도 하나만 사다줄래?"

"……알았어."

"그래. 고맙다."

원호는 씩 웃어보이고는 안으로 들어갔다.

"훗. 너 이 새끼, 나중에 보자."

두치 역시 원호를 뒤따라 안으로 들어갔다. 기명은 건물 안으로 들어가는 두 사람을 바라보았다. 둘의 대화 소리가 들렸다.

"야. 박혜진이랑 주말에 바다 가냐."

"몰라."

"둘만 간다고 소문 쫙 났어. 새끼야. 박혜진랑 뭐하려고? 엉? 엉?"

"모른다고."

"모르긴 뭘 몰라."

꽤 친한 사이인 듯 속닥거리는 둘. 그리고 남겨진 기명. 하나같이 키도 크고 잘생겼다. 딱 보니 학교에서 잘 나가는 놈들일 것 같았다. 기명은 생각했다. 자기도 저 무리에 끼고 싶다는…… 그런 생각.

"……"

그러나 기명은 만 원을 손에 쥐고는 발길을 돌렸다.

"쯧쯧쯧. 이 호구 새끼야."

"?"

편의점으로 가려던 기명을 불러 세우는 목소리. 기명이 시선을 돌리자 그곳에는 백지장 같은 얼굴의 남학생이 서 있었다.

"호구 열매라도 쳐드셨나. 그 새를 못 참고 빵셔틀을 해주고 있어?"

"이건 그냥 쟤가 미안하다고 사주는 거야."

"그리고 지 것도 사오라 그러지? 빙신아. 네가 그래서 호구 취급을 받는 거야. 쫌 친절하게 해주다가 심부름 시키는 수법에 덥석 걸려드는 새끼가 어디 있냐."

"......."

역시 그런 거였나. 친절했지만 결국은 빵셔틀을 시킨 거였나.

"근데 넌 누구냐."

"나? 누구긴. 김창주님이시지."

"김창주?"

"찐따 새끼. 옷은 또 그게 뭐냐."

창주는 기명을 아래위로 훑었다. 기명은 자신의 옷 상태를 확인했다. 청바지에 낡아빠진 운동화, 이름 없는 코트에 체크무늬 목도리까지. 초라한 모습이었다.

"에휴……. 암튼 너 쟤네들이랑 엮이면 큰일 난다."

"왜?"

"엮이지 말라면 엮이지 마."

"……."

"꼬라지하고는."

창주는 기명을 또다시 훑고는 건물로 들어가 버렸다. 다시 기명은 홀로 남겨졌다. 그러나 그 자리에 가만히 멈춰서 있을 뿐, 아무 것도 할 수 없었다. 전과 같이 빵셔틀이 되고 마는 것인가. 서울로 오면 변하자고, 변할 수 있다고, 변해야 한다고 그렇게 다짐했는데, 결국은 또 어느새 현실에 순응하고 마는 신세였다. 김원호와 김두치, 그리고 혜진이란 여자애의 얼굴이 떠올랐다.

"……."

기명은 지폐를 쥔 손을 꼭 쥐었다.

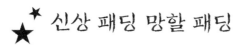 신상 패딩 망할 패딩

집에 돌아온 기명은 벌써 몇 시간째 컴퓨터를 붙잡고 있었다. 검색어는 '강북 얼짱 박혜진'. 이 바닥에서는 벌써 유명한 아이였다. 학원에서 얼핏 듣기로 외모 하나로는 이 바닥에서 원톱이란다. 처음 봤을 때부터 알아봤다. 그렇게 예쁘게 생긴 애는 처음이었으니까.

"강북 얼짱, 박혜진."

드르륵, 드르륵. 딸깍. 기명이 검색 창에 혜진의 이름을 치자, 그녀에 대해 분석해놓은 블로그 포스팅들이 주르륵 나왔다. 인터넷에까지 알려져 있다니. 정말 유명하긴 한가보다. 기명은 그중 하나를 클릭해 페이지를 열었다.

"오오…… 예쁘다."

사진은 대부분 혜진이 직접 찍어 올린 셀카를 퍼온 것이었다. 촉촉한 눈망울에 귀여운 표정을 지으며 45도 각도로 찍은 셀카들. 기명은 혜진의 사진들을 보며 빠져들었다. 보면 볼수록 그녀가 좋아졌다.

드르륵, 드르륵.

"어? 김원호?"

빠르게 마우스 휠을 내리며 혜진에 대해 검색하던 기명은 익숙한 이름을 보았다. 연관 검색어에 '김원호'가 뜬다. 일단 클릭.

"헐. 뭐야."

학원에서 봤을 때부터 심상치 않은 포스에 남다른 애라고 생각했지만, 김원호는 역시 달랐다.

페북 엄친아 김원호. 스치기만 해도 여자를 홀리고 다니는 잘생긴 외모에, 놀기도 잘 놀고 싸움도 좀 하는 놈이다. 흡사 일진이라 부르는 부류같지만 김원호는 달랐다. 공부도 잘하고 평판도 좋다. 거기다 집안에 돈도 많단다. 입은 옷들은 교복 빼곤 전부 명품.

비율도 좋아서 입는 것마다 간지 폭발이다. 옷에 관심도 많고 입을 줄도 아는 놈이다. 뭐 하나 빠지는 것 없는 자식. 재수 없긴 해도 부럽다. 뭐든지 남들보다 우수한 이놈이.

"그만해. 양아치냐."

기명은 거울을 쳐다보며 원호 흉내를 내봤다. 자신을 때리던 두치에게 포스 있게 목소리를 쫘악 내리깔고 말하던 원호. 표정, 눈빛, 목소리…… 기명이 흉내내보았지만, 원호의 것과는 전혀 닮아있지 않았다. 거울을 보며 연거푸 원호를 따라해 보는데, 철커덕! 노크도 없이 아들의 방문을 열고 들어오는 이가 있었으니, 엄마다.

"아, 깜짝이야! 엄마!"

"뭘 했기에 그렇게 놀래?"

"아 쫌! 노크 하고 들어와."

"아들 방 들어오는데 노크는 무슨."

엄마는 책상 위에 과일을 깎아놓은 접시를 내려놓았다.

"학원 가보니 어떻디? 괜찮은 거 같애? 잘 가르치디?"

"그냥 그래."

"선생이나 반 친구들 중에 때리거나 하는 놈은 없었고?"

순간 두치가 생각났지만, 기명은 말하지 않았다.

"누가 첫날부터 때린다고. 나가. 나 공부할래."

"엄마가 궁금하니까 그렇지. 우리 아들 서울에서 첫 출발인데. 얘기 좀 해 줘봐. 서울 애들은 어떻디? 착해?"

"아, 별거 없었다니까. 나가. 제발 나가!"

"알았다. 알았어. 나간다, 나가."

기명은 다시 인터넷에 집중했다. 혜진이 올린 사진들 중에는 김원호와 함께 찍은 사진들도 여럿 있었다. 그뿐만 아니었다. 김원호 말고도 꽤 친해 보이는 남자애들도 많았다. 모두 하나같이 비싼 브랜드의 패딩들을 입고 있었다.

"엄마."

기명은 이제 막 나가려던 엄마를 불렀다.

"응? 왜?"

"나…… 패딩 하나만 사주면 안 돼?"

"그게 뭔데?"

기명은 가만히 모니터를 가리켰다.

"겨울 잠바? 엄마가 전에 사준 거 있잖아."

"에이씨, 그거 중2때부터 입던 거잖아. 요즘에 누가 떡볶이 코트 입는다고."

"애 좀 봐, 엄마가 그거 얼마나 고르고 골라서 산 건데."

"아, 됐어. 나가, 나가."

기명은 말이 통하지 않자 귀찮은 듯 엄마에게 나가라는 손짓을 해보였다. 엄마는 방을 나가려다말고 기명에게 말했다. 아무래도 기명의 말이 마음에 걸렸다.

"그래. 이사 온 기념으로 하나 사자. 하나 골라 봐."

"진짜?"

엄마의 말에 기명은 반색하며 미소 지었다.

"그럼. 우리 아들이 갖고 싶다는데. 멋있는 걸로 하나 골라 봐. 엄마가 다 사줄게!"

"진짜지?"

그때부터 기명의 손은 빨라졌다. 타자를 치는 소리, 마우스 휠을 내리는 움직임이 바빠지더니 이내 패딩 하나를 골랐다. 전부터 봐둔 거였다.

"이거야."

"그래? 가만 보자. 이게 얼마야?"

기명의 엄마는 고개를 쭉 빼고 모니터를 들여다보았다.

"뭐? 40만 원? 무슨 잠바 데기가 이렇게 비싸?"

"60% 세일한 건데. 역시…… 안 되겠지?"

기명은 아쉬운 듯 고개를 숙였다. 엄마는 기명의 축 처진 모습을 보자 안쓰러운 마음이 들었다.

"아냐. 이거 사자. 이왕 살 거 확실하게 사야지. 사!"

"진짜? 진짜로? 엄마, 괜찮아?"

"그럼! 사!"

"아싸!"

기명은 신이 나 상품 페이지를 클릭해 구매하기 버튼을 눌렀다. 여태까지 사본 옷 중에 제일 비싼 옷이자, 제일 이름 있는 옷이다.

학원에 입고 가면 애들이 다르게 봐주겠지? 빨리 와라. 빨리. 기명은 패딩이 빨리 도착해주길 기다렸다. 그러나 막상 받았을 때에는 이 패딩 하나로 자신의 삶이 바뀔 줄은 꿈에도 몰랐다.

며칠 후 기명은 새로 산 패딩을 입고 거울 앞에서 한껏 폼을 잡으며 있는 대로 멋을 부렸다. 이 정도면 애들도 자신을 알아봐 주겠지. 절로 자신감이 생겼다.

뚜벅뚜벅.

학원 문을 열고 천천히 땅을 밟았다. 누구든 자신을, 아니, 자신이 입은 옷을 알아봐주길 기다리며 걸었다. 주위를 시선을 의식한 채.

툭.

"……?"

수다 떠느라 미처 기명을 보지 못한 여학생 하나가 기

명의 어깨를 툭 치고 지나갔다. 여학생은 기명을 위아래로 살폈다.

'자, 이제 알아봐주는 건가?'

그러나 여학생은,

"앗 미안."

이란 말만 남긴 채 대수롭지 않다는 듯 친구들과 함께 가던 길을 갔다. 기명은 미간을 살짝 찌푸리고는 여학생과 부딪힌 어깨 쪽을 탈탈 털었다. 휴게실 안으로 들어설 때까지 아무도 기명을 신경 쓰지 않았다. 한번 쳐다보고 스쳐갈 뿐이었다.

"아, 덥다. 벌써 겨울 다 끝난 거 아냐."

기명은 괜히 더운 척 패딩 자크를 열었다. 누구라도 들으라는 듯 혼잣말을 날렸다. 그때였다.

"아 이 새끼. 야! 안 꺼져?"

휴게실로 들어오던 두치가 기명을 발견하고 다가왔다. 기명은 주춤하는가 싶더니 그 자리에 우두커니 서있었다. 두치 옆에 그녀가 함께 있었다. 강북 얼짱, 박혜진이.

"새로 샀나보네?"

그녀가 기명에게 말을 걸었다.

"아…… 응."

"이번에 나온 몽클 신상이구나. 실제로는 처음 봐. 예쁘다."

알아봐주었다. 기명의 신상 패딩을!

"잠깐! 뭔가 좀 이상한데?"

"뭐?"

두치가 기명에게 다가와 패딩을 만져보며 고개를 갸우뚱거렸다. 그러다 네임택을 살펴보더니 피식 웃었다. 불길함이 기명의 뇌리를 스쳤다.

"뭉……클? 푸하하! 이거 짭이네. 뭉클이 뭐냐, 뭉클이!"

기명은 당황스러운 기색을 감추지 못했다. 직접 확인해봐도 스펠링은 MOONCLE. 뭉클이었다.

"아, 아냐. 스탁이라던데. 병행수입인가 뭔가 하는……."

"미친. 스탁은 개뿔. 이건 그냥 짭이야. 이 새끼가 어디서 짭 가지고 폼을 잡아? 안 꺼져?"

"뭉클? 푸훗."

혜진이 웃었다. 기명은 언젠가 혜진이 자신을 향해 미소를 지어줄 날이 오리라 생각해본 적이 있다. 생각보다 빨리 그 미소를 볼 수 있었다. 그러나 상상했던 미소가 아니었다. 비웃음. 짝퉁 패딩 하나로 그녀의 조소를 받게 되다니. 기명은 창피함에 얼굴이 붉게 달아올랐다.

"……."

기명은 순식간에 나락으로 빠지는 것 같았다. 쥐구멍에라도 숨고 싶다는 말이 이럴 때 쓰는 말인가 싶었다. 기명은 두치와 혜진의 비웃음을 뒤로 하고 학원을 나왔다. 수업이고 뭐고 이대로 학원에 있을 수는 없었다. 아무도 보지 않는 곳으로 피하고 싶었다. 아무도 기명을 알아봐주지 않는 곳으로.

"어이, 우기명!"

기명이 고개를 돌아보자 저 멀리 껌을 질겅질겅 씹으며 다가오는 창주가 보였다. 아는 척 하지 말지. 쟤는 왜 아는 척이냐.

"형님이 부르는데, 빨랑 안 뛰어와?"

"……."

"빨랑 텨와."

창주는 기명을 향해 손가락을 까닥까닥하며 이리오라는 시늉을 해보였다. 기명은 그의 손짓에 따라 천천히 걸어갔다. 뭐, 기명이 얼마 가기도 전에 창주가 먼저 다가왔지만.

"으휴, 이 새끼."

"……."

"너란 존재를 어쩌면 좋으냐."

"내가…… 그렇게 호구같이 생겼어?"

"풋. 몰랐냐. 빙신 호구지. 아주 뭉클하게."

"……."

"다 봤다. 어휴, 내 얼굴이 다 빨개지네."

기명은 다시 한 번 창피함에 얼굴이 달아오르는 듯했다. 창주는 기명의 패딩을 앞뒤로 살폈다.

"뭐, 구리긴 하지만 막 입기에는 쓸 만한 것 같고. 야. 벗어 봐."

"아, 안 돼, 이건."

"안 되긴. 얼마나 따따시한가 보려는 거야, 새꺄. 잠깐만 벗어 봐."

"이건 안 된다고!"

기명은 몸을 움츠리며 패딩만큼은 빼앗길 수 없다는 듯 뒷걸음질 쳤다.

"참 안되는 거 많은 새끼네. 정말. 짭이나 입고 다니는 주제에. 가슴 뭉클하게 한 대 쳐 맞아볼래? 응?"

창주는 억지로 기명의 패딩을 벗기려 들었다. 그러자,

"우쒸! 으아아!!"

기명은 창주의 가슴팍을 팍 밀치며 소리를 질렀다. 그 바람에 창주는 깜짝 놀라 뒤로 나자빠졌고 나이키 신발 한 짝이 벗겨져 땅바닥에 나뒹굴었다. 창주는 한동안 기명을 멍하니 바라보다 자리에서 일어섰다. 어이없다는 듯 기가 찬 표정으로 기명을 응시하더니, 깨금발로 벗겨진 신발을 주우러 걸어갔다.

"하, 이 짝퉁 새끼가. 웃으면서 대해주니 만만해보이냐? 어? 님아. 뒈질래요? 어? 어?"

"미안. 그러려던 게 아니었는데."

"미안? 미안? 나도 이러려는 게 아닌데 손이 멋대로 짝 퉁에 반응하네. 아이고, 미안해라."

창주는 주은 신발로 기명을 때렸다. 기명이 팔로 막아 보았지만, 창주는 막아내는 기명을 피해 요리조리 사정 없이 구타했다.

"어?"

한참을 때리던 창주는 문득 빨갛게 물든 자신의 손이 눈에 들어왔다.

"어? 이거 왜 이래?"

손뿐만이 아니었다. 발밑을 내려다보니 양말 끝도 신 발과 같은 꽃무늬색으로 물들어 있었다.

"뭐야. 이거 졸라 비싼 건데."

"……."

지저분하게 물들어있는 양말과 손가락을 보며, 신발을 살펴보는 창주. 당황스럽기 그지없다. 기명은 그런 창주 를 가만히 보더니,

"너도 혹시 그거……."

"아니거든! 이거 럭키스타일이라고 졸라 유명한 사이트에서 산 거거든? 이런 걸 짭으로 팔겠어?"

"저기⋯⋯."

"말하지 마! 말하면 뒈진다! 형님 지금 열 뻗친 거 안 보여?"

"아니, 그게 아니라⋯⋯."

"이 새끼가! 이거 짝퉁 아니라니⋯⋯!"

창주가 짝퉁 아니라며 반박하려는데, 기명이 자신의 패딩을 두 손으로 펼쳤다.

"⋯⋯!"

"럭키스타일."

기명의 패딩 역시 같은 곳에서 산 것이었다. 창주가 나이키 신발을 구입한 그곳. 럭.키.스.타.일.

부들부들 떨리는 손. 일그러지는 미간, 속에서부터 끓어오르는 분노. 두 사람 사이엔 소리 없는 아우성이 스치고 지나갔다.

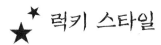 럭키 스타일

홍대 근방에 위치한 사무실.

전혀 사무실이 있을 거 같지 않은 곳에, 전혀 사무실로는 보이지 않는 건물에, 전혀 사무실 같지 않은 사무실 앞에 기명과 창주는 도착했다.

'럭키스타일'

문 옆 현판에는 럭키스타일이라는 회사명이 적혀있었고, 어딘가 익숙한 듯 익숙하지 않은 로고가 그려져 있었다.

"헐, 이거 뭐야? 라코스테?"

"뭔가 이상한데?"

악어 위로 또 다른 악어 한 마리의 몸이 겹쳐있는 이로고.

"에이쉬, 교미스테네. 로고까지 짝퉁이야."

로고 아래로는 'designed by namjung kim'이라고 쓰여 있었다.

"야, 근데 꼭 지금 만나야 되는 거야?"

"이런 사기꾼 새끼들은 언제 튈지 모른다고. 그래도 다행인 건 이 새끼가 완전 빠가라 홈피에 주소를 제대로 적었다는 거지."

"만나서 뭐라고 그러게?"

"뭐라고 하긴. 환불해 달라 그래야지."

"……여기 좀 이상한데."

"새꺄. 쫄 거면 빠져있어. 넌 분하지도 않냐."

창주는 기명의 가슴팍을 팍 쳤다. 기명은 낮게 '윽' 소리를 내며 손으로 가슴을 감쌌다.

탕! 탕! 탕!

"안에 있는 거 다 알거든! 문 부셔버리기 전에 빨랑 튀어나와. 이 사기꾼 새꺄!"

"……."

창주는 문을 두드렸다. 손잡이를 몇 번 돌려봤지만, 잠겨있는 듯 완전히 돌아가지 않았다. 안에서 대답이 없을수록 창주는 더 세게 문을 두드렸다. 기명은 왠지 불길한 예감이 들었다. 사무실 생긴 것도 그렇고, 분위기도 싸했다. 다 쓰러져가는 외관에 조용한 내부는 음산한 분위기가 감돌았다. 그리고 그 예감은 곧 틀리지 않다는 걸 알 수 있었다.

"뭐가 어째? 이 머리에 피도 안 마른 고삐리 새꺄?"

"……!"

기명과 창주의 뒤에서 들려오는 낮고 굵직한 목소리. 두 사람은 천천히 뒤를 돌아보았다. 근육질에 꽉 쪼이는 나시를 입고, 오른손엔 스포츠 가방을 들고 서있는 사람. 담배를 질경질경 씹으며 험상궂은 표정으로 기명과 창주를 내려다보고 있었다.

"아…… 저기, 그러니까."

순간 기가 죽은 듯 창주는 팔꿈치로 기명의 옆구리를 툭툭 쳤다. 기명은 못내 창주 대신 말을 꺼냈다.

"여, 여기가 럭키스타일 사무실 맞죠?"

"그런데?"

"그쪽이 여기 책임자 맞죠? 김남정……."

"그래서?"

"그러니까, 우리가 왜 찾아왔냐면요."

"?"

"며칠 전에 여기서 이 패딩을 샀는데, 받아봤더니 몽클이 아니라, 뭉클이라서……."

"나도. 내 나이키 신발도……요."

기명과 창주는 각각 패딩과 신발을 남정에게 보여주었다. 남정은 기명과 창주를 번갈아 보았다.

"그러니깐, 우리 사이트에서 산 게 알고 보니 짭이었다?"

"짭도 정도가 있지……죠. 누굴 개호구로 아나……요."

반말인지 존대인지 모를 창주의 이상한 어법에 남정

의 표정이 일그러졌다.

"일단 안으로 들어가자."

남정은 귀찮다는 듯 머리를 한번 털고는 사무실 문고리에 열쇠를 넣고 돌렸다. 끼이익. 문이 낡은 소리를 내며 열렸고, 기명과 창주는 남정을 따라 안으로 들어섰다.

"켁켁."

사무실 안은 가관이었다. 제대로 정리되어 있지 않은 옷들이 더미 채 쌓여 있었고, 환기도 제대로 되지 않은 듯 먼지로 가득했다.

"자, 이리로들 와요."

답지 않게 존댓말을 쓰는 남정. 기명과 창주는 남자가 오라는 데로 향했다. 컴퓨터 앞이었다. 창에는 럭키스타일 홈페이지가 띄워져 있었다.

"여기 보여요? '본 상품은 이미테이션 된 상품입니다.'라고 쓰여 있는 거."

"어디요?"

"잘 보고 있어 봐요."

컴퓨터 화면을 네 개의 눈이 뚫어지게 살펴보는 가운

데, 순간! 사이트 여백에 빨간색으로 '본 상품은 이미테이션된 상품입니다.'란 문구가 떴다가 순식간에 사라졌다.

"헐! 이걸 어떻게 알아봐! 이 사기꾼……!"

창주가 벌떡 몸을 일으켜 남정을 향해 소리치려는 순간, 그는 얼어붙고 말았다.

"아…… 배팅장 당기는데 나가기는 싫고! 뭐, 후려칠거 없나!"

휙! 휙! 남정은 구석에 놓여있던 알루미늄 배트를 허공에 대고 휘둘렀다. 말보다 행동으로 보여주는 위협에 창주는 침을 꿀꺽 삼키며 뒤로 물러났다.

"……사기 친 거 맞잖아요."

"뭐? 너 지금 뭐라 그랬냐."

"제목에도 몽클레어라고 적어놓으셨는데. 근데 막상 받아보면 이름도 틀리고."

"몽클레어? 아아…… 무우웅클레어!"

남정은 교묘한 발음으로 얼렁뚱땅 넘어가려고 했다.

"……환불해주세요."

"뭐어? 환불?"

"……."

"이봐요. 고삐리 손님. 비싼 패딩 입으면 뭐라도 될 것 같았어요?"

남정은 배트로 땅을 쿵, 쿵 내리치며 기명에게로 다가왔다. 뒤로 움찔 물러나는 창주와 다르게 기명은 물러서지 않았다.

"네."

"?"

"뭐라도 될 줄 알았어요. 비싼 패딩 입으면."

기명은 진지했다. 그런 기명의 반응에 남정은 멈춰 서서 사뭇 진지한 표정으로 바라보았다.

"그동안 하도 호구같이 당하기만 해서 좀 바꿔보려고 산 건데, 이 패딩 때문에 다 망쳤다고요. 제대로 옷 좀 입으면 애들이 알아봐줄 거라 생각했는데, 뭉클? 허헛."

기명은 헛웃음을 지었다. 혜진의 웃음소리가 다시 들리는 것 같았다. 아까의 창피함이 또다시 몰려왔다.

"테이크아웃."

"네?"

"잠바 데기. 테이크아웃."

남정은 기명을 향해 옷을 벗으라는 시늉을 해보였다.

"테이크 오프인데……."

기명은 나지막이 잘못된 표현을 고치며 패딩을 벗었다. 기명에게서 패딩을 건네받은 남정은 커터 칼로 뭉클이란 적힌 상표를 확 떼어버렸다.

"어?!"

그리고 상표를 뗀 패딩을 입는 남정.

"둘 다 따라와라."

"네?"

"보여줄 게 있으니까, 따라오라고."

기명의 패딩을 입은 남정은 사무실 한 편에 비치된 중절모와 얇은 회색 목도리를 챙겼다. 그리고 그 길로 사무실을 나섰다. 기명과 창주는 서로 눈빛을 주고받았다. 도대체 이게 무슨 상황인가.

"뭐야. 저 새끼 어디 가?"

"일단, 따라가 보자."

기명은 어리둥절하긴 했지만 남정을 뒤따라 나섰다. 창주 역시 일이 이상하게 꼬이는 것 같다는 기분을 지울 순 없었지만 일단 따라나서기로 했다.

남정을 따라 도착한 곳은 홍대의 메인 스트릿.

"어? 김남정이다!"

"어? 진짜? 진짜!"

남정을 알아본 사람들이 그의 이름을 부르며 아는 척하기 시작했다. 남정 역시 사람들에게 인사를 하며 호응했다. 어느새 연예인이라도 만난 것 마냥 사람들은 남정의 주위로 몰렸다. 기명과 창주는 이게 어찌된 영문인지 그저 남정을 지켜보고 있었다.

"저 형은 언제 봐도 쩌는 구나. 진짜."

지나가던 남자 하나가 남정을 보고 감탄사를 내뱉었다. 창주가 남자에게 물었다.

"저 사람, 알아요?"

"남정 형님? 알지. 성격도 좋고, 멋있고, 홍대에선 알아주는 영혼이지. 옷도 존나 잘 입잖아."

'옷을 잘 입는다'라. 기명은 그 말에 남정에게로 시선이 향했다.

"저 봐. 구제 청바지와 올드 슈즈로 빈티지함을 살리고, 전체 톤과 매치되는 그레이 머플러와 상남자의 상징인 중절모로 포인트를 준 뒤, 마지막으로 핏 전체를 묵직하게 잡아주는 저 명품 패딩까지."

"!"

기명은 놀랐다. 짝퉁 패딩이 명품 패딩으로 둔갑되는 순간이었다.

"명품……패딩?"

새롭게 보였다. 사람들에게 둘러싸인 남정을 지그시 바라보던 기명은, 저 패딩이 마치 처음부터 몽클레어였던 것처럼 느껴졌다. 그 순간, 남정과 눈이 마주쳤다. 자신만만한 표정으로 기명을 바라보는 저 남자…… 아니, 그가 바로 패션왕이었다.

한바탕 소동이 지나가고, 세 남자는 놀이터 구석에 자리를 잡고 앉았다. 한쪽에선 소규모 밴드가 공연 중이었다. 시끄러운 스피커 소리 때문인지, 조금 전에 있었던 충격 때문인지 기명과 창주는 아무 말도 할 수 없었다.

"야."

"네!"

"너네 이름이 뭐냐."

"우, 우기명입니다!"

"김창주요!"

"몇 살이냐."

"열일곱입니다!"

남정의 말에 재깍재깍 대답하는 기명과 창주. 힘이 바짝 들어간 목소리를 보니 남정이 대단한 자극이 되어준 듯했다.

"창주야, 기명아. 패션이란 건 말이야. 남을 의식할수록 자기 멋이 떨어지게 되는 거야."

"……."

"내일 당장 굶어죽을 정도로 개털이어도 자기 안에 절대 양보할 수 없는 최후의 지조!"

"……!"

"그 지조를 지키는 게 바로 패션의 기본 정신이다……
이거야. 그걸 지키는 사람들에겐 뭔가 멋있는 아우라가
느껴져. 그걸 뭐라 하는지 알아?"

남정의 말에 두 사람은 잠시 생각해보았다. 그러나 이
내 정말 모르겠다는 듯 고개를 절레절레 저었다.

"바로 '간지 난다!' 그러는 거야."

"!"

간지. 다른 말로 멋. 자기 안에 절대 양보할 수 없는 최
후의 지조.

기명은 누구보다 남정의 말을 가슴에 새겼다. 그 어느
때보다도 귀에 쏙쏙 들어오는 말들이었다. 멋은 남들에
게서가 아니라, 자신으로부터 나오는 것이다.

"수트, 빈티지, 스쿨룩……. 세상에는 많은 스타일이
있고, 그 속에 저마다 등골 뽑아대는 브랜드들도 있어.
하지만 천만 원짜리 수트를 입어도 오징어처럼 보이는
놈이 있고, 구멍 난 티에 기름때 낀 공장 청바지만 입어
도 포텐 터지는 영혼들이 있어. 왜 그런 줄 아냐?"

"……."

"바로 싸구려를 입어도 당당하기 때문이지."

"아아……."

"그게 바로 간지의 기본 이념이다. 알았냐."

"……네에."

얼이 빠진 듯 남정의 말을 듣고 있는 기명과 창주는 고개를 천천히 끄덕였다.

"간지야말로 없는 자가 있는 자를 이길 수 있는 유일한 무기다!"

남정은 입고 있던 패딩을 벗어 기명에게 던지다시피 내주었다.

"원래 형님이 이런 간지 강좌도 공짜로 안 해주는데, 니들은 하도 딱해서 특별히 해준 거야. 그러니까 이제 환불해달라는 소리는 하지마라. 어?"

"근데 저기……."

"아씨. 환불은 안 되고, 교환! 교환은 해줄게. 됐지?"

남정은 재빨리 일을 마무리하고 돌아가려 했다. 그때였다.

"혹시 알바는 안 구하시나요?"

"!?"

"일손 필요 없어요? 잡일이든 박스포장이든 괜찮으니까 어떻게 안 될까요?"

"야, 너 알바 하게? 미쳤냐. 환불을 받아야지. 일을 하냐."

갑작스러운 기명의 제안에 옆에 있던 창주가 궁시렁댔다. 남정의 시선이 창주에게 머물렀고, 창주는 그 시선을 애써 피했다.

"실은, 옷 입는 법을 좀 배우고 싶어서……."

기어들어가는 말소리. 기명은 말끝을 흐렸다.

"뭐?"

꿀꺽. 기명은 침을 삼키고 정면으로 남정을 마주 바라보았다.

"옷 입는 법을 배우고 싶습니다. 알려주세요. 형! 아니, 형님!"

"혀, 형님!"

기명은 90도로 남정을 향해 허리를 숙였다. 곁에 있던 창주도 눈치를 보더니 덩달아 고개를 숙였다.

"고개 들어. 새끼들아."

기명은 쭈뼛거리며 고개를 들었다. 남정은 기명을 위 아래로 훑었다. 아무 말 없이 빤히 쳐다보는 것이, 역시 안 되는 걸까. 하긴. 웬 듣도 보도 못한 듣보잡 고삐리가 갑자기 나타나 환불해달랄 때는 언제고, 알바 시켜달라 는 소리라니. 기명 자신이 생각해봐도 얼토당토않은 말 이었다.

"흐음……."

남정은 팔짱을 끼고 유심히 기명을 살폈다. 스타일이 구리긴 해도 본판이 나쁘진 않다. 키도 크지 않은 남자 평균 키고, 근육질보다는 마른 타입이라 더 적절하다. 대 한민국 남자들의 현실적인 스타일을 구현해줄 놈이랄까.

"잡일은 됐고."

기명의 얼굴에서 실망하는 기색이 역력했다. 하지만 남정의 말은 끝나지 않았다.

"모델은 어떠냐?"

"네?"

"옷 입는 법을 알고 싶다고 했지? 그거 내가 가르쳐줄 테니까, 대신 넌 우리 쇼핑몰 모델일 좀 해라."

"모델이요?"

"어때? 괜찮은 딜이지?"

남정의 말에 기명은 놀란 토끼 눈을 하고 쳐다보았다. 이게 무슨 소린가. 자신더러 모델을 하라니.

"푸핫. 얘가 모델? 귀신 씨나락 까먹는 소리하네. 푸하하!"

창주가 배를 잡고 웃었다. 구리구리한 행색의 기명을 보고는 우스웠는지 좀처럼 웃음을 그치지 않았다. 남정은 고개를 절레절레 젓더니 그를 무시하고 기명에게 말했다.

"뭐래. 할 거야, 말 거야?"

"……하, 할게요!"

"그래. 내일 학교 끝나고 바로 사무실로 나와. 형님이 본격적으로 패션이 뭔지 알려주마."

"가, 감사합니다!"

순식간에 기명이 럭키스타일의 모델로 확정되었다. 창주는 웃음을 멈추고 당황스러워하며 자세를 고쳤다.

"자, 잠깐, 대표님! 저도요! 저도 모델 하고 싶습니다!"

"내가 언제부터 네 대표야! 새꺄!"

"제발 저도 시켜주세요. 네?"

"하아…… 그럼 니네 둘 다 내가 받아주면 환불, 이딴 소리는 아가리 묵념이다. 알겠냐?"

"네!"

남정은 손으로 입에 자크를 채우는 시늉을 해보였다. 기명과 창주는 반색하며 씩씩하게 대답했다. 기명의 심장은 두근두근 거렸고, 입가는 씰룩씰룩 거렸다.

'럭키스타일 모델, 우기명.'

드디어 기명에게도 기회가 찾아온 것일까.

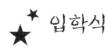 입학식

입학식이 얼마 남지 않은 그때, 학원으로 들어서던 기명은 뜻밖의 인물을 만났다.

"안녕?"

"?!"

혜진이었다. 기명의 여신이 먼저 기명에게 말을 걸었다.

"요새 통 안 보이던데, 학원 관둔 줄 알았어."

"아, 그게…….."

지난번 뭉클 짭 사건 이후로 기명은 혜진을 피해 다니

고 있었다. 첩보 작전이라도 펼치는 것 마냥 몰래 들어와 수업만 듣고는 끝나자마자 바로 건물을 빠져나왔다. 또 다시 혜진의 얼굴을 볼 자신이 없었다. 그렇게 며칠 동안 피해 다녔는데, 오늘은 마치 혜진이 기명을 기다리고 있던 것 마냥, 문 앞에서 딱 마주쳤다.

"그건 뭐야?"

"아, 이거……."

기명은 손에 들고 있던 잡지를 보이며, 멋쩍게 머리를 긁적였다.

"패션에 관심 있구나?"

"……응."

"근데 이거 작년에 인기 없어서 폐간된 거 아냐?"

그때였다.

"오오. 둘이 뭐해?"

반갑지 않은 녀석이 나타났다.

"어? 김원호."

원호였다. 마치 원래부터 친한 사이였다는 듯 자연스럽게 기명의 어깨에 손을 올리며 말을 걸어오는 자식. 원호는 모르겠지만 지금 이 순간 기명은 원호가 그 누구보다 불편했다.

"패션 잡지?"

"······."

"작년에 폐간된 거네? 근데 요즘에는 잡지 보는 것보다 해외 사이트를 보는 게 트랜드 캐치하기도 더 빠르고 좋을 거야."

원호는 잡지를 몇 장 들춰보더니 기명에게 돌려주며 말했다.

"폰 좀 줘볼래?"

"어?"

"내가 잘 가는 사이트 몇 개 즐추 해줄게."

"으, 응."

기명은 엉겁결에 폰을 원호에게 주었다. 원호는 기명의 폰을 만지작거리더니 사이트 몇 개를 추천해주었다.

"패션에 관심 있는 줄은 몰랐는데. 자, 여기."

"으응, 고마워."

원호는 폰을 기명에게 돌려주었다.

"그럼 우린 이만."

원호는 혜진을 데리고 안으로 들어가 버렸다. 원호를 따라가던 혜진은 뒤돌아서 기명에게 손을 흔들었다. 소리는 나지 않았지만 입모양은 분명 '안녕.'이라고 말했다.

"어어, 안녕……."

기명이 다급히 손을 흔들어보았지만, 혜진은 싱긋 웃고는 원호를 따라갔다. 기명은 둘의 뒷모습을 멍하니 바라보았다. 그가 봐도 잘 어울리는 한 쌍의 커플이었다. 순간, 기명은 원호에게서 자신의 모습을 보았다. 원호가 아닌 자신이 혜진의 옆에 서 있는 모습을.

기명은 학원이 끝나고, 창주와 함께 홍대에 있는 럭키스타일 사무실로 향했다.

"자, 이 그림 누가 그린 건지 아는 사람?"

남정은 사무실벽에 그림 한 장을 붙여 놓고 막대기로 가리켰다.

"저거 졸라 많이 보던 그림인데. 아, 맞다! 이말년! 이

말년 맞죠?”

“하아. 이 새끼는 이번 생은 망했다.”

“……아닌가.”

창주는 머리를 긁적이며 입을 삐죽거렸다.

“기명인? 이 그림 누가 그렸냐.”

“김홍도가 그린 거 아니에요? 씨름…….”

“그나마 너라도 정상이라 다행이다.”

남정은 막대기로 창주의 머리를 때리는 시늉을 해보였고, 창주는 상체를 뒤로 빼며 피했다.

“너넨 여기서 누가 제일 간지난다고 생각하냐.”

“……간지?”

기명은 그림을 살폈다. 그림 속에는 씨름을 하는 두 사내를 중심으로 사람들이 둥그렇게 모여 앉아 있었다. 찬찬히 살피던 기명이 입을 뗐다.

“으음. 씨름하는 사람들?”

상대와 힘을 겨루는 도중에도 다리에 핏이 선 것이, 보는 이로 하여금 시선을 집중하게 했다.

“창주, 넌?”

"글쎄요. 근데 저거 엿 파는 거 아닌가. 아 갑자기 엿 땡기다. 엿 먹고 싶다."

"하아. 그래, 넌 엿이나 먹어라. 새꺄."

남정은 한숨을 쉬고는 다시 설명을 이어나갔다.

"잘 봐. 여기서 제일 멋있는 건, 바로 이 영혼이다."

남정은 그림 왼쪽 위의 한 사내를 가리켰다. 씨름에 집중하고 있는 구경꾼들 중 하나였다. 부채로 얼굴을 반쯤 가리고 눈만 빠끔히 내민 채 바라보고 있는 그림 속 사내. 대체 이 사내가 왜?

"부채든 양반이요? 왜……?"

"자, 이렇게 나눴을 때 사람이 어디에 가장 많이 몰려 있어?"

남정은 빨간색 사인펜으로 그림 위에 선을 그렸다. 가로로 한 번, 세로로 한 번. 그림은 일정한 크기의 사등분으로 나뉘었다.

"저기, 왼쪽 위요."

"그래. 간지는 항상 사람을 따르게 하지. 그래서 이쪽에 가장 많은 사람이 몰려있는 거야."

"아아……."

"그리고 이 양반 자세를 잘 봐. 딱 보면 씨름은 졸라 재밌는데 양반 신분이라 천민들 앞에서 가오는 잡아야겠고, 근데 씨름은 또 봐야겠고, 또 가오는 잡아야겠고. 결국 내면과의 갈등 끝에! 그 배설을 핏이 담긴 포즈로 승화시킨 거다…… 이거지!"

남정의 말을 듣고 보니 부채 든 양반의 포즈는 정말 그럴싸했다.

"옷이 몸에 감길 때, 얼마나 자신의 몸에 맞춘 옷이 되는가! 어떤 핏을 살려서 자신의 간지를 만들어내는가! 그게 바로 요새 패션의 트렌드다, 이 말씀이다. 알겠냐?"

"그럼 그 핏을 어떻게 살려야 되는 건데요?"

진지하게 듣고 있던 기명이 남정을 빤히 올려다보며 물었다.

"연습!"

"연습?"

"날 때부터 타고난 핏은 있어도 연습해서 안 나오는 핏은 없다! 패션의 완성은 핏이니까!"

"……."

"뭐해? 안 일어나고?"

"예?"

"노트에 펜으로 끄적이면 핏이 나오는 줄 알았냐! 오늘 바로, 지금 이 순간부터 당장 훈련이다. 일어서!"

의자에 앉아있던 기명과 창주는 어리둥절한 표정으로 자리에서 벌떡 일어섰다.

기안고 입학식 때까지 앞으로 2주. 남은 14일 동안 기명은 달라져야 했다. 또 달라지고 있었다.

D-13, 거울 앞에 서서 포즈를 취했고.

D-9, 핏을 위해 밤낮 가리지 않고 연습했다.

그리고 D-2. 싹둑. 스타일을 위해 머리를 잘랐다.

마침내 당일! 우기명은 더 이상 그가 아니었다.

제 39회 기안고 입학식.

학교 입구엔 입학을 알리는 플랜카드가 붙어있었다.

"알려드립니다. 곧 입학식이 시작될 예정이오니, 교실에 남아 있는 학생들은 모두 강당으로 모여주시기 바람니다. 다시 한 번 말씀드립니다. 지금 교실에 있는 학생 여러분들은 강당으로 모여주시기 바랍니다."

입학식이 시작된다는 방송이 나가고, 학생들은 모두 강당으로 향했다. 여느 때와 다름없는 기안고의 입학식. 아니, 다르다! 지금껏 봐온 흔하디흔한 입학식을 상상했다면 그건 과오다. 착각이다. 기안고에는 역대급 학생들이 있었으니까.

3학년 차민주.

"오오! 야! 차민주다. 차민주!"

긴 생머리에 무릎 위까지 올라오는 짧은 치마, 허리라인이 여실히 드러나는 상의, 게다가 볼륨감 있는 가슴 덕에 터질 듯 말 듯한 단추가 아슬아슬하다.

"어우씨. 장난 아냐."

"졸라 예뻐."

찰랑거리는 머릿결을 자랑하며 도도하게 걷는 민주. 그녀가 강당 안으로 들어서자 주위를 남학생들이 에워쌌다. 그때였다. 어디선가 느껴지는 한기에 민주가 상체를 웅크리고 으슬으슬 떨었다.

"꺄아! 윤혁수다!"

"헐, 대박!"

2학년 윤혁수.

투블럭 컷에 한쪽 귀엔 메탈 송곳 피어싱을 하고는 저벅저벅 걸어 강당 안으로 들어서고 있었다. 한 발짝 걸을 때마다 주위 온도가 내려간다는 전설의 남자!

"어쩜 저렇게 시크하게 생길 수가 있지?"

"너 그거 들었어? 태어나서 한 번도 여자한테 답장을 해준 적이 없대."

"진짜? 완전 시크해."

"저 눈빛 좀 봐. 심장이 얼어버릴 것 같아."

어느새 시선은 혁수에게로 모두 집중되어 있었다.

"기획사에 스카우트 돼서 지금 모델일 하고 있다며?"

"무슨 소리야. 기획사 실장이 스카우트 하려고 집까지 찾아갔지만, 문 한 번 안 열어줬다는데."

"그럼 잡지에 실린 사진들은 다 뭐야?"

"스파이 샷이래!"

여학생들이 혁수를 둘러싸고 경악을 금치 못하는 사

이, 어디선가 밝은 빛이 흘러나왔다.

"김원호다!"

"완전 잘생겼어! 대박이다!"

원호가 강당에 등장하자 여학생들은 순식간에 그에게로 몰렸다. 입학하기 전부터 이미 학교에 다 알려진 유명인사였다. 외모, 학벌, 재력까지 모두 겸비한 엄친아가 기안고로 오다니. 학생들 저마다 폰을 꺼내 사진을 찍으려 라이트를 켰다.

찰칵! 찰칵!

아이들이 사진 찍어내는 소리에 맞춰 원호는 아닌 척 자연스럽게 포즈를 취했다. 살짝 벌린 입술에, 어딘가를 응시하는 듯한 눈빛. 무엇보다 그만이 살릴 수 있는 저 교복핏! 특별할 것 없는 평범한 교복이지만, 그가 입으니 뭔가 달랐다. 저것이 바로 패션에 가장 중요하다는 '핏'이었다!

"헐. 김원호 옆에 쟤…… 박혜진 아냐?"

"어디? 어디? 강북얼짱 그 박혜진?"

"저기 봐봐!"

혜진은 어느새 원호 옆에 자연스럽게 서있었다.

"쟤네 둘이 사귄다더니 진짜인가 보네."

"진짜? 둘이 사귄대?"

"몰랐어? 쟤네 중학교 때부터 유명했잖아. 페북 보니깐 최근엔 둘이서 여행도 갔다 오고 그랬던데?"

"대박."

아이들이 원호와 혜진에 대해 수군거리고 있는 동안, 일순간 강당에 정적이 흘렀다. 원호는 자신 때문일 거라 생각했지만, 자세히 보니 아이들의 시선은 자신이 아닌 다른 곳을 향해 있었다. 뒤를 돌아보자 그곳엔 생각지 못했던 이가 서있었다.

"쩐다…… 저거 대체 몇 통이야?"

"한 3통 돼 보이는데."

"세탁소에서 줄여주기는 하냐?"

마른 체형에 슬림한 교복 핏. 과연 걸을 수 있을지 의문이 들 정도로 딱 붙는 바지가 다리를 꽉 조였다. 눈에는 푸른색 컬러렌즈, 머리에는 헤어밴드, 무엇보다 비비 크림을 잔뜩 바른 덕분에 하얗게 뜬 얼굴이 확 들어왔다. 창주였다.

그러나 아이들이 시선이 쏠린 건, 창주가 아닌 그 뒤에 서 있는 다른 이였다.

"쟤 앞머리 좀 봐. 저렇게 하면 보이긴 할까?"

"뭐, 어때. 눈이 안보이니깐 완전 섹시해 보인다 야. 저 입술 좀 봐."

앞머리를 한껏 내려 자른 머리. 흡사 버섯의 머리 부분을 떼다 얹혀 놓은 것처럼 얼굴의 반 이상을 가렸다. 일명 귀두컷.

"설마…… 패션을 위해 시각을 포기한 건가?"

뚜벅. 뚜벅. 그가 지나갈 때마다 아이들은 모두 홍해처럼 갈라졌다.

"꺄아. 어떡해. 저 쇄골 좀 봐!"

"쩐다아…….."

원호의 눈썹이 일그러졌다. 기안고에 저런 학생이 있다는 건 처음 듣는 소리였고, 그렇다고 이번 신입생 중에

특별히 눈에 띄는 애는 없었다. 기껏 해봤자 원호와 혜진 정도. 그런데 느닷없이 나타나 아이들의 시선을 강탈해 버리는 저놈은 누구란 말인가.

"……우기명?"

"!?"

원호의 두 눈이 커졌다. 학원에서 보던 찌질한 놈이 아니었다.

"야, 저 새끼 찐따 아냐?"

어느새 두치가 다가와 원호에게 말을 건넸다.

"……."

"맞네. 졸라 구리던 새낀데, 저건 뭐냐."

두치는 어이없다는 표정으로 기명을 바라보고 있었다.

"제법인데?"

"……."

기명을 보고 싱긋 웃는 혜진에 원호의 표정이 굳어졌다. 여태껏 모든 이들의 시선을 한 몸에 받으며 살아왔다. 그런데 오늘 처음, 그 시선을 빼앗겼다. 그것도 바로 저놈, 우기명한테.

기명은 아이들의 시선을 받으며 처음으로 이상한 기분에 휩싸였다. 앞머리에 가린 두 눈으로 자신을 바라보는 아이들을 힐끗 살폈다. 모두들 기명을 우러러보는 저 눈빛, 어쩔 줄 모르는 여학생들의 떡 벌어진 입. 모두 처음이었다. 이렇게 주목을 받는 건.

"······!"

더 이상 찌질한 우기명이 아니다. 이제 그는······.

"새끼들아! 뭔 생쑈야! 빨리 자리에 안 앉아?"

삑삑. 호루라기를 불며 나타난 학주 덕분에 상황은 종료되었다. 그렇게 입학식은 끝이 났지만, 기안고의 모든 학생들은 그의 이름을 기억했다.

입학식이 끝나고 나서도 기명을 알아본 아이들은 그의 뒤를 졸졸 쫓아다녔다. 교복 수선은 어디에 맡겼냐는 둥, 다음에 옷 살 때 같이 가자는 둥 순식간에 인기남이 되었다. 여학생들은 기명을 볼 때마다 단추를 풀어달라고 아우성이었다. 기명이 윗 단추를 하나 풀면, "꺄아!" 소리를 지르며 좋아라 했다.

기명은 아이들의 반응이 싫지 않았다. 아니, 좋았다.

사람들의 주목을 받는다는 건 이런 기분이었다. 관심을 받는다는 건 이런 감정이었다.

중학교 때 난 아무에게도 보이지 않는 다크템플러였다면,

이제는 주위를 밝게 비추는…… 아콘이 되었다!

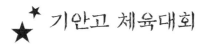# 기안고 체육대회

"자, 자리에들 앉아라!"

탁탁탁!

담임은 길고 얇은 막대기로 교탁을 내리쳤다. 그 소리에 부산스러웠던 교실 분위기가 일순간 가라앉았다. 제자리에 앉은 아이들이 모두 담임에게 시선을 집중했다.

"입학한지 얼마나 됐다고 벌써 늘어져 있냐. 다들 체육대회 있는 거 알고 있지?"

"네에!"

"공부해. 이 녀석들아."

"에에이."

탁탁. 아이들의 야유에 담임은 교탁을 다시 한 번 더 내리쳤다.

"나는 커서 뭐가 될까. 난 하고 싶은 게 뭘까. 사실 그런 건 다 쓸데없는 잡념이야. 판검사가 될 거야. 가수가 될 거야. 다 개소리라고. 정신없이 공부하다 보니 판검사 되는 거고, 노래하다 보니 가수 되는 거야."

"……"

"너희들에게 내가 아주 간단한 해답을 주마. 니들이 지금 팔 건 공부다! 공부해. 기계처럼. 그러다 보면 대학에 가 있을 거다. 대학에 가라. 생각은 나중에 해."

순간 교실엔 정적이 흘렀다. 담임의 말을 아이들이 얼마나 새겨들었을지는 몰랐지만, 적어도 그 자리에 앉아 있던 기명은 그 말이 무슨 뜻인지 알고 있었다.

그러나 그럴 생각은 없었다. 그동안 수없이 들어온 말이었고, 그 말대로 공부만 해왔다. 대학 가면 달라질 거라고, 대학만 가면 모든 꿈이 이뤄질 거라는 그 희망에 언제나 기명은 오로지 미래를 향해서만 걸었고, 현재는 없었다.

생각했다. 자신이 원하는 것이 무엇인지. 기명이 원하는 건 바로 현재! 지금이 아니고서야 얻을 수 없는 시간들이었다. 현재를 원했다. 달라진 자신을 보여줄 수 있는 현재를.

"기명아."

기명은 복도를 지나던 중, 자신을 부르는 소리에 고개를 돌렸다. 시도 때도 없이 자신을 찾아오는 아이들 중 한 명이겠거니 했는데, 아니었다. 기명을 부른 건, 은진이었다.

"곽은진……."

"요새 아주 잘 나가네?"

"아……."

같은 집, 같은 학교, 같은 학원을 다니는 둘이었지만, 기명은 은진이 아직까지 어색하게 느껴졌다. 그러나 은진은 아랑곳 않고 계속해서 말을 걸었다.

"애들이 알아봐주니까 좋냐?"

"……."

"으휴. 대학 가면 꾸미고 다닐 텐데 왜 그런데 시간 낭비를 하는지. 차라리 그 시간에 공부를 하지."

"관심 없어."

"그럼 꾸미는 덴 관심 있고? 왜? 아이돌이라도 되려고?"

기명은 말이 없었다. 어색한 기운이 감돌았다.

"저기, 기명아."

"?"

"혹시 이따가 학교 끝나고 나랑 같이……."

그때였다. 기명과 은진의 곁을 스쳐가는 혜진과 눈이 마주친 건. 순간이었지만, 혜진은 은진을 쑥 훑어봤고, 기명을 쳐다봤다. 기명에겐 은진의 말이 귀에 들리지 않았다. 아무 말 없이 스쳐가는 혜진을 바라볼 뿐이었다.

"야. 우기명. 내 말 듣고 있어?"

"어? 미안."

은진은 기명의 시선이 향한 곳을 따라 바라보았다. 친

구들과 웃고 떠들며 지나가는 혜진이 보였다.

"너…… 혹시 박혜진 좋아해?"

"!"

당황스러웠다. 혜진을 너무 멍하니 바라본 탓일까. 은진에게 들켜버렸다.

"아, 아니!"

애써 부정해보았지만, 은진의 눈빛은 이미 기명을 의심하고 있었다. 기명은 말을 바꾸며 화제를 돌렸다.

"너 근데 나한테 뭐라고 하지 않았어? 뭐라 그랬어?"

"아, 그게……."

"뭔데?"

"이따가 학교 끝나고 나랑 같이…… 학원 갈래?"

"!"

은진은 쓰고 있던 안경을 만지작거리며 기명에게 물었다. 살짝 얼굴이 붉어진 것 같기도 했다. 은진은 시선을 살짝 외면하며 기명의 대답을 기다렸다.

기명은 멀리 사라져가는 혜진과 자신의 눈앞에 있는 은진을 번갈아보았다. 조금 전 혜진의 눈빛이 잊히지 않왔다. '왜 그런 애랑 말을 섞고 있는 거야?' 하는 그 눈빛.

"미안."

"?!"

"같이 못 갈 것 같아."

"……그, 그래?"

"미안해."

"아, 아냐. 괜찮아. 그럼 나 갈게. 다음에 보자."

은진은 민망하지만 아닌 척 기명에게 손을 흔들어 보였고, 기명은 아무 말 없이 은진을 스쳐갔다. 은진은 멀어져가는 기명의 뒷모습을 보며 실망한 기색을 감추지 못했다.

"기명아……."

낮게 읊조리는 혼잣말에 씁쓸함이 묻어나왔다.

점심시간이 되자 급식실은 이내 학생들로 꽉 찼다.

"아씨, 졸라 배고픈데. 오늘 메뉴는 뭐냐."

"몰라."

창주는 오늘도 어김없이 백지장 같이 허옇게 뜬 얼굴

을 자랑하며 기명 옆에 붙어 있었다.

"고기반찬 나와야되는데. 고기반찬."

"시끄러. 닥쳐."

"오오. 우기명 많이 컸다? 이 귀두머리 새끼가."

"아, 머린 건들지 말라고."

창주가 기명의 목에 헤드락을 걸며 장난을 치고 있을 동안, 급식실 한쪽에서 소란스러운 소리가 들기 시작했다.

"뭐지?"

기명은 장난을 멈추고 소리 나는 쪽으로 시선을 돌렸다. 이내 무슨 상황인지 파악되었다. 소란의 주인공은 원호 패거리. 남학생 하나를 두치가 사정없이 때리고 있었다. 이유인즉, 다 먹은 식판을 들고 가던 남학생이 의자 다리에 걸려 식판을 쏟았고, 그 바람에 김칫국물이 원호의 코트에 묻었기 때문이었다.

"두치 저 새끼는 원호 시다 짓이 그리 좋은가 몰라."

"원호가 우리 학년 일진이야?"

"몰라. 근데 싸움은 몰라도 나머진 원호가 전부 바르잖

아. 공부니, 얼굴이니, 돈이니……. 입학식 때 담임이 굽실거리는 거 못 봤어? 결국 돈이 장땡이지.”

“…….”

“가족들도 쟤 돈만 지원해주고 터치를 안 한다더라. 아주 지 멋대로 산 지 꽤 됐어.”

“나쁜 애 같지는 않던데…….”

“어허. 쟤랑 놀지 말랬지! 큰일 난다고. 이 형님 말 들어. 다 경험에서 나온 소리니까.”

두치는 여전히 남학생을 때리고 있었다. 남학생은 잘못했다며, 미안하다고 말하고 있었지만 두치는 인정사정 보지 않았다. 오로지 폭력을 가할 뿐이었다. 기명은 순간 울컥했다. 주먹을 꽉 쥔 채 앞으로 나가려던 기명을 창주가 잡았다.

“야. 약 빨았냐? 저기 끼어들었다간 너 진짜 이번 생은 망해.”

“창주야.”

“어?”

“맞는 게 겁나?”

"뭐?"

"……난 하나도 안 무서운데."

기명은 망설임 없이 뛰쳐나갔다. 왜 그랬는지 기명은 알지 못했다. 그저 얼핏 그 남학생에게서 지난 날 자신의 모습을 본 것 같았다.

"그만해."

"!?"

낮고 차분한 어조의 목소리가 들리자, 두치는 때리던 것을 멈추고 고개를 돌렸다. 목소리의 주인이 기명이란 걸 알자 더더욱 눈살을 찌푸렸다.

"뭐?"

"그만 하라고."

두치는 어이없다는 듯 헛웃음을 지었다. 의자에 앉아 있던 원호 역시 그런 기명이 마음에 들지 않는 듯 기명을 올라다봤다.

"야. 우기명. 애들이 몇 번 빨아주니 네가 진짜 멋있는 거 같냐. 이걸 그냥 확!"

"그건 아니지만. 네가 하는 짓도 딱히 멋있는 거 같진 않아."

"뭐? 진짜 이 새끼가 뒈질라고."

두치는 목표물을 바꿔 위협적으로 기명에게 다가왔다.

"잠깐만."

"!"

원호의 말에 두치가 발걸음을 멈추고 그를 바라봤다. 원호는 폰을 몇 번 터치하더니, 테이블 위에 보란 듯이 올려놓았다.

"기명아. 보여?"

"……?"

기명은 테이블 위에 놓인 폰을 들여다보았다. 액정 화면에 떠있는 건 김칫국물이 묻은 원호의 코트와 똑같은 코트의 사진과 가격 정보가 있는 페이지였다. 정가 7,500,000원.

"이 옷 발망 거거든. 그냥 웃으며 넘어가기엔 좀 심하지 않아?"

"그래도……."

"그럼…… 네가 대신 물어줄래?"

"!"

기명을 바라보는 원호의 눈빛은 강렬했다.

원호를 이해할 수 없던 기명이 물었다.

"너한텐 비싼 옷도 아닐 거 아냐."

"물론 나한테는 비싼 옷은 아니지. 근데 나한테 비싼 옷이 아니라고 내가 받은 피해를 참아야 된다는 건 무슨 논리지?"

"그러니까, 이만큼 했으면 됐잖아. 그만해."

"됐다고? 무슨 기준으로? 피해자는 난데, 네가 왜 참견이야."

"그럼 때려."

"……뭐?"

"대신 날 때리라고."

기명은 자신을 때리라는 시늉으로 턱을 치켜들었다. 의외의 행동에 원호는 헛웃음을 지었다. 곁에 있던 두치는 기명의 행동에 화가 나 주먹을 꽉 쥐었다. 순간 급식실은 싸늘해졌다. 아이들은 원호와 기명 사이에 흐르는 침묵을 지켜보고 있었다. 이 다음이 어떻게 될지 다들 긴장하는 눈치였다. 남학생이 맞는 동안, 어느 누구 하나 기명처럼 직접 나서지 않은 그들이었다. 오히려 방관할 뿐이었다. 그리고 영웅처럼 등장한 기명을 보고 흥미진진해했다.

원호가 자리에서 일어났다. 기명에게 다가가는가 싶더니,

"가자."

시선은 기명에게 고정한 채 두치에게 말했다.

"뭐? 원호야. 이 새끼……."

"가자고. 기명이가 이만큼 했으면 됐다잖아."

"그래도……."

"기명아."

낮은 톤의 목소리. 원호는 기명의 귀에 대고 속삭였다.

"다신 이러지 마. 한번만 더 이러면 진짜 화가 날 것 같거든."

"……!"

기명의 귓가를 맴도는 원호의 목소리는 그를 아찔하

게 만들었다. 원호는 기명의 어깨를 한두 번 두드리고는
급식실을 나갔다.

"너 이 새끼, 나중에 두고 보자."

뒤이어 두치가 기명에게 한마디를 남기고는 원호를
뒤따라 나갔다. 그들이 나가자 긴장이 풀리는 듯 기명은
짧게 한숨을 내쉬었다.

"야, 이 새끼야. 제정신이냐."

"휴우⋯⋯."

"이렇게 끝났으니 망정이니, 어휴. 이 등신아."

어느새 창주가 나타나 기명에게 제정신이냐며 헤드락
을 걸었다. 그 사이 두치에게 맞았던 남학생은 기명에게
고맙다는 인사를 전했고, 아이들은 상황이 일단락되자
저마다 흩어지기 시작했다. 개중에는 별다른 사건 없이
끝나 시시하다는 애들도 있었고, 원호가 기명에게 밀린
거냐며 수군대는 애들도 있었다.

그러나 두 사람의 대립은 그것으로 끝난 게 아니었다.

체육대회 당일.

줄다리기를 시작으로, 높이뛰기, 발야구.

학생들은 모두 자기 반이 이기길 바라며 열심히 체육 대회에 임하고 있었다. 각 반 특색에 맞게 응원도구들과 복장을 준비하고는 목청이 터져라 소리를 지르며 응원 했다. 개중에는 체육복을 자기 몸에 맞게 수선한 아이들도 있었다.

"쯧쯧. 공부를 그렇게 해봐라."

펑퍼짐한 체육복을 입고 도수 높은 안경을 고수하던 은진은 멋대로 한껏 꾸민 아이들을 바라보며 고개를 절레절레 흔들었다.

"지금부터 계주를 시작하도록 하겠습니다. 선수들은 운동장 가운데로 모여주시기 바랍니다."

체육대회의 꽃, 계주가 시작된다는 안내 방송이 흘러 나왔다.

"어? 기명이다."

은진은 기명을 발견했다. 계주 선수로 출전하는지 기명이 어슬렁어슬렁 운동장 가운데로 향하고 있었다. 기명이 나타나자 은진뿐만 아니라 모든 여학생들이 그에게 집중했다.

한 자리에 모인 선수들은 저마다의 방식으로 몸을 풀었다.

"아놔, 새끼들. 이 형님이 중학교 땐 육상 선수였어요."

라며 입으로 허세를 떠는 김창주 같은 부류와,

"야, 안 닥쳐? 졸라 시끄럽게 떠드네."

라며 팔다리를 쭉쭉 펴고 있는 김두치 같은 부류.

그리고 한쪽에서 체육복의 핏을 신경 쓰고 있는 우기명이 있었다.

"칫. 역시 스포츠웨어는 간지가 안 나는 구나."

"?"

"하여튼 말라비틀어진 것들이 허구한 날 핏 타령을 하며 굶어대니 체육복을 쳐 입어도 한복 같지."

두치는 옷을 만지작거리는 기명을 보고 한소리 했다.

"달리기에 집중하려고 입어서 그래."

"헐. 네가 뛰는 거에 집중 안 하면 핏으로 날 이길 수 있을 거 같아?"

"글쎄."

"네가 지금 스포츠 웨어로 날 이기겠다고? 천하의 체대 옴므 김두치를?"

두치는 기명의 말에 발끈했다.

"좋아. 어디 한번 해보자. 우기명."

두치는 기명에게 선전포고를 날렸고, 기명은 자신 있다는 듯 고개를 가볍게 끄덕였다. 그런 두 사람을 원호가 지켜보고 있었다.

"준비……."

탕! 총소리가 울리자, 첫 번째 주자가 바통을 들고 뛰어나갔다. 빠르게 치고 나가는 창주 덕분에 다음 주자인 기명은 한시름 놓을 수 있었다. 아이들의 함성소리가 커지며 점점 분위기가 고조될 때쯤이었다.

"우기명! 받아!"

제일 먼저 도착한 창주는 기명에게 바통을 넘겼다. 그러나 기명은 뛰지 않았다.

"……!"

"뭐해. 미친놈아! 출발 안 하고!"

기명은 의미심장한 미소를 날렸다. 그 사이, 다른 반 주자들이 도착했고, 두치도 바통을 이어받았다.

"……!"

그때였다. 응원 소리가 잦아들면서 아이들의 시선이 모두 한 곳으로 쏠렸다. 창주 역시 어이없다는 듯 한숨을 쉬었다.

"쟤네들 뭐야."

"설마…… 계주 라인 따라서 런웨이를 하는 거야?"

기명과 두치는 달리기 따위는 잊어버린 듯 운동장 라인을 따라 걷기 시작했다. 앞서 달려가던 선수들마저 이 황당한 상황에 달리기를 멈출 정도였다.

한 걸음, 한 걸음, 정말 모델처럼 포즈를 취하며 걷는 두 사람. 서로 얼마나 빨리 달리느냐가 아니라, 얼마나 핏을 살리며 걷느냐에 주력하고 있었다.

"저것 봐. 우기명은 체육복인데도 핏을 살렸어!"

"두치도! 저 카라 끝에 포인트를 준 실핀 좀 봐."

두 사람의 런웨이는 따분했던 체육대회에 웃음을 선사했다. 이내 아이들은 두 사람에게 열광하기 시작했다.

이제껏 없었던 패션계주랄까.

"스포츠웨어는 이 몸을 따라올 자가 없지."

"그건 네 생각이고."

"뭐?"

"조심해. 스텝 흐트러진다."

"어? 어?"

그 순간 호흡을 잃은 두치는 기명의 말처럼 스텝이 꼬였고 엉거주춤한 자세로 앞으로 꼬꾸라지고 말았다. 기명이 앞서나가며 피식 웃었다.

"아니, 저 새끼가!"

두치가 다시금 일어서려 했지만 두 사람의 런웨이는 얼마 가지 못했다. 뜬금없는 패션쇼에 몽둥이를 든 학주가 잡아먹을 듯한 눈빛으로 그들을 불렀으니까.

그 후 두 사람의 런웨이를 두고 많은 말이 오갔다. 기명에게 밀린 두치가 결국 패했으며 기명의 승리였다는 말도 있었고, 두치 대신에 원호가 런웨이에 참가했다는 말도 있었다. 그리고 그 원호가 바람을 타고 하늘을 날았다는 설도 전해졌다. 그러나 확실한 것은, 기안고에 전설

적인 일화를 남긴 그들은 한동안 교무실에서만 볼 수 있
었다는 것이다.

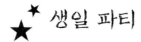 생일 파티

학교에선 나날이 기명이 유명세를 타고 있을 무렵이
었다.

[뒤뜰로 나와.]

체육 시간이 끝나고 옷을 갈아입은 후 교실에 돌아온
기명의 책상에 쪽지 하나가 놓여 있었다. 다섯 글자와 마
침표 하나뿐인 쪽지. 누가 이런 걸……?

"……!"

순간 기명의 머릿속에 떠오르는 이가 있었다. 김원호.

이런 쪽지를 보낼 만한 사람은 그뿐이었다. 앞서 기명은 원호에게 맞선 적이 있었으니까. 만약 이대로 뒤뜰로 나간다면, 분명 원호는 두치를 시켜 자신을 두들겨 패겠지? 기명은 침을 꿀꺽 삼켰다. 쪽지를 그냥 휴지통에 버릴까도 생각해봤지만, 어쩐지 그래선 안 될 것 같았다. 이 쪽지를 무시하고 가지 않는다면 더 큰 후폭풍이 몰려올 것만 같았다.

"에이씨."

기명은 쪽지를 구겼다. 어디 해볼 테면 해보라지. 맞는 덴 이골이 난 몸이다. 이제 뭐, 두려울 것도 없고.

"우기명!"

그렇게 뒤뜰로 나간 기명을 기다리고 있는 건, 예상치 못한 인물이었다.

"박혜진."

"왜 그렇게 놀라?"

"아, 아니, 이 쪽지…… 네가 쓴 거야?"

"응."

쪽지를 두고 간 건 다름 아닌, 혜진이었다.

"학교란 게 워낙 말이 많은 곳이잖아. 괜히 내가 직접 너한테 이런 얘기하면 엉뚱한 소문 퍼지고 그럴까봐."

"이런 얘기?"

"사실…… 나 다음 주에 생일이거든."

"생일? 아…… 추, 축하해."

"토요일에 파티할 건데, 너도 올래?"

"……!"

이럴 수가! 기명은 한동안 말없이 혜진의 얼굴을 빤히 쳐다보았다. 잘못 들은 게 아니라면, 혜진은 지금 분명 자신의 생일 파티에 초대한 거였다. 이 우기명을 말이다.

"왜 말이 없어? 혹시…… 싫어?"

"아, 아니! 좋아!"

기명은 혹여나 혜진의 마음이 바뀔까 냉큼 대답했다.

"오케이, 폰!"

"폰? 아, 여기!"

기명은 핸드폰을 꺼내 혜진에게 건넸다. 혜진은 자신의 번호를 입력하고는 기명에게 돌려주었다.

“문자해.”

그렇게 한마디를 남기고 혜진은 떠났다.

“…….”

홀로 남겨졌지만 이번엔 쓸쓸하지 않았다. 혜진의 번호가 이 폰 안에 있다! 기명은 속으로 쾌재를 불렀다. 여태껏 페북을 통해서 혜진의 근황을 살폈지만, 이제는 혜진과 직접 연락을 주고받을 수 있는 사이가 되었다. 그런데 갑자기 왜 그녀의 태도가 이렇게 호의적으로 변했을까. 혹시…… 그녀도 날 좋아하고 있는 건?

“후훗.”

기명은 절로 웃음이 났다. 오늘 하루는 먹지 않아도 배가 부를 것 같았다. 기명은 혜진의 번호가 담긴 폰을 고이 간직한 채 교실로 돌아왔다. 다음 주에 있을 혜진의 생일을 기약하며.

기명에게 일주일은 기다림의 연속이었다. 하루가 지났나 싶으면 여전히 오늘이었고, 몇 시간이 지났나 싶으면, 십분도 채 지나지 않았다. 그리고 드디어 당일이 되었을 땐,

초 단위로 시계만 쳐다보며 약속 시간을 기다렸다.

딸랑.

지하로 내려가 문을 열자 작은 방울이 소리를 냈다. 기명은 주위를 둘러보았다. 혜진이 어디에 앉아있는지 눈으로 훑었다. 혹시 김원호나 두치가 있는 건 아니겠지? 만약 그들이 이 자리에 있는 거라면, 기명에게 이만저만 곤란한 상황이 아니다. 지금이라도 그냥 돌아갈까 생각도 들었다. 그러나 그때,

"기명아! 여기야!"

"……!"

자신을 발견하고 손짓하는 혜진이 보였다. 기명은 그녀를 향해 손짓을 한번 하고는 저벅저벅 걸어 들어갔다. 원호나 두치는 없었다. 혜진의 절친으로 보이는 여자애들 몇 명이 앉아있었을 뿐. 이미 테이블엔 파전을 포함한 먹다 남은 요리 몇 가지와 초를 끄고 군데군데 파먹은 흔적이 남은 케이크가 놓여있었다.

"뭐야. 왜 이렇게 늦게 왔어!"

"아, 미안. 일이 있어서."

일은 무슨. 일부러 늦게 왔다. 시간 맞춰 오면 그동안 기다렸다는 게 뻔히 드러나니까. 애써 바쁜 척 하며, 자신의 속내를 드러내고 싶지 않았다. 마치 혜진이 네가 아니여도 나를 찾는 곳은 많다. 그러나 약속이 많아도 널 위해 시간을 내서 왔다는 뉘앙스를 풍기고 싶어서……랄까. 상대방은 생각조차 안 할 게 분명한데, 기명은 고도의 심리전까지 예상하며, 혜진 옆에 앉았다.

"자, 마셔. 늦게 온 벌이야."

"아니, 난 이런 거 처음 마시는데……."

혜진은 조그마한 잔을 기명에게 건넸다. 여태껏 한 번도 마신 적 없는 것이었다. 역시 노는 애들은 이렇게 노나. 기명은 잠시 망설였다. 여자애들이 보는 앞에서 마시지 않는다면 우습게 보이겠지?

벌컥. 원샷. 그리고 박수.

기명은 생애 처음 먹어보는 맛에 인상을 찌푸렸다. 소독약을 들이붓는 것 같은 느낌에 목을 부여잡고 싶었지만 그럴 수 없었다. 그저 다시는 먹지 말아야겠다는 생각만 할 뿐.

"야, 얘가 걔야? 체육대회 패션쇼?"

"응. 완전 우리 반 명물. 기명아. 인사해. 여기 내 친구들."

"아, 안녕하세요."

"푸흡. 안녕하세요래. 큭큭."

혜진과 친구면 자신에게도 친구일 테지만 처음 만난 사이니, 예의상 존댓말을 쓴 것이었다. 그러나 기명의 말에 혜진의 친구들은 웃음을 터트렸다. 혜진 역시 우스운 듯 손으로 입을 가리고 살며시 웃었다. 기명은 어색한 나머지 머리를 긁적이며 시선을 피했다.

"어디 중학교 나왔어?"

"으, 응?"

웃음이 잦아들고 혜진의 친구 중 한 명이 물었다.

"아, 저기 강원도에 있다 중학교 졸업하고 서울로 이사 왔어."

"강원도? 그럼 사투리 써야 되는 거 아닌가. 한번 해봐. 사투리."

"야아. 무슨 그런 걸 시켜. 우리 기명이는 사투리 안 쓰거든?"

"우리 기명이?"

"오오. 박혜진."

'우리 기명이'란 말에 혜진의 친구들은 혜진과 기명을 가리키며 놀리 듯 웃어댔다. 순간 기명의 얼굴은 붉게 물들었다. 애꿎은 물만 쭉쭉 들이키며 손에서 잔 놓을 생각을 하지 않았다.

"너 중학교 때도 인기 많았지?"

"어? 아, 아닌데⋯⋯."

"에이. 인기 많았을 것 같은데? 너 좀 귀엽다."

친구 하나가 기명에게 물었다.

"야. 들이대지 마. 촌년들이 기명이한테 하도 들이대서 도망쳐온 거래잖아."

"뭐? 지금 내가 강원도 촌년이라는 거야?"

"하하. 농담, 농담. 아무튼 우리 기명인 안 되거든?"

"오오. 진짜 둘 사이에 뭔가 있는 거 아냐?"

"글쎄."

'우리 기명이.' 아까부터 이 단어는 기명의 가슴을 설

레게 만들었다. 한마디도 제대로 하지 못하고 가만히 앉아 있었을 뿐이었지만, 이야기의 중심엔 언제나 기명이 있었다. 그리고 기명 곁에는 혜진이 있었다. 하하 호호 웃어주고, 박수를 치며 팔을 스치고, 자연스럽게 기명에게 스킨십을 할 때마다 기명은 어쩔 줄 몰랐다. 그러나 그런 혜진이 싫지 않았다. 오히려 그렇게 대해주는 혜진이 좋았다.

어느 남자나 그랬을 것이다. 자신이 좋아하는 여자에게서 사소한 관심이라도 받는다면, 그건 더할 나위 없는 큰 행복이었다.

주점에서의 파티가 끝나고, 혜진은 친구들과 헤어졌다. 기명은 그녀의 집에 바래다준다는 명목으로 혜진과 단 둘이 밤길을 걷고 있었다.

"이거 받아."

"이게 뭔데?"

"생일 선물."

기명은 혜진에게 작은 봉투를 건넸다.

"오오. 빈손으로 온 줄 알았는데, 선물? 여기서 풀어 봐도 되지?"

"응."

기명이 고개를 끄덕이자, 혜진은 봉투에서 정성스레 포장된 물건을 꺼냈다.

"우와. 향수네? 고마워. 잘 쓸게!"

"다행이다."

"……."

둘 사이에 미묘한 분위기가 감돌았다. 어색한 분위기를 깨고 기명이 말을 꺼냈다.

"너희 집 방향 여기 맞아? 쭉 가면 되는 거야?"

"응! 쭈욱! 근데 기명아."

"응?"

"넌 꿈이 뭐야?"

"꿈?"

꿈이 뭐냐고 물어오는 혜진의 질문에 기명은 잠시 생각했다. 꿈이라. 대학 가는 거 빼고는 생각해본 적이 없다. 뭘 하고 싶은지, 뭐가 되고 싶은지. 대학 가는 것도 지금은 관심 밖의 일이다.

"……없는데."

"뭐? 없어?"

"그냥 이제 와서 노력해봤자 아무것도 못할 것 같아서."

"뭔 소리야. 젊은 놈이! 열심히 노력하면 되지!"

"너는?"

"응?"

"그러는 넌 꿈이 뭐냐구."

"난…… 배우!"

"배우? 어울리네."

기명은 혜진을 보고 씩 웃었다. 훗날 배우가 된 혜진을 잠시 상상했다.

"그럼 학원 같은 것도 다녀?"

"필요 없어. 학원은."

"……?"

"인터넷에 내 얼굴 실컷 팔아먹고 어떻게든 인서울 대학 들어가서 트윗이랑 페북에 개념녀인 척 해주고. 그러다보면 알아서 스카웃 제의 올테니까."

"연기를 못하는데도?"

"요새는 인지도만 있으면 그만이거든요. 연기야 뽑히고 나서 천천히 배우지, 뭐. 발연기 하는 배우들이 얼마나 많은데. 너 기네스 펠트로라고 알아?"

"기네스…… 뭐?"

"〈셰익스피어 인 러브〉의 여주 있잖아. 〈아이언맨〉에서 비서로 나오는 여자."

"몰라. 안 봤어."

"대박. 강원도에는 극장 없어? 어떻게 아이언맨을 몰라? 암튼 내 목표가 바로 기네스 펠트로 같은 여자가 되는 거야."

"예뻐?"

"예쁘기만 해? 매력도 완전 쩔어. 기네스 펠트로는 있잖아. 6주 이상 솔로로 살아본 적이 없대."

"응? 그게 무슨 소리야?"

"그 여자는 말이야. 브래드 피트랑 사귀면서 화제가 됐었어. 그 덕에 영화계에서도 성공했고. 근데 그러는가 싶더니 곧바로 브래드 피트랑 헤어지고 억만장자인 크리스 하인즈랑 사귀어서 미국 내에서 엄청난 화제가 된 거야. 근데 그렇게 사는가 싶더니 또 얼마 안 있다가 헤어지고 스페인의 필립 왕자랑 사귀는 거야. 정말 대단하지 않니?"

"뭐야. 이 남자 저 남자……."

"으휴. 들어봐, 좀."

혜진이 기명의 팔을 살짝 때렸다.

"일개 무명 여배우가 배우로서 자신의 꿈을 이루고 전 세계의 대단한 남자들이랑은 다 사귀어 보더니 마침내는 스페인 왕가의 피앙세가 된 거야. 너무 멋지지?"

기명은 말없이 혜진의 얘기를 계속 들어주었다.

"기네스는 말이야. 연기뿐만 아니라 그렇게 남자들을 통해서 자신의 격을 상승시키는 여자야."

"남자들을 이용해서?"

"왜…… 이렇게 말하니까 내가 싫어?"

"아니."

"내가 기네스 펠트로를 좋아하는 이유는 하나야."

"?"

"확실히 자기가 주인공인 삶을 살고 있는 거. 나도 그러고 싶거든."

"……."

진지해진 혜진의 말에 기명은 머쓱해졌다. 혜진은 확실히 자신이 뭘 하고 싶은지 뭐가 되어야 하는지 알고 있었다. 약간의 정적이 흐르는 동안 기명은 혜진이 새롭게 보였다.

길거리에 바람이 불었다. 그리고 그 바람에 벚꽃잎이 흩날렸다. 분홍빛 꽃잎이 밤하늘을 수놓았다. 혜진은 날리는 꽃잎들 사이로 뛰어가 팔을 벌리고 빙글빙글 돌았다. 기명은 혜진을 보고 싱긋 웃었다.

"기명아."

"응?"

"너 여태까지 여자 몇 명 사귀어봤어?"

"어, 어어, 하……한두 명?"

"후훗. 난 몇 명 사귀어 봤을 거 같아?"

"솔직하게 말해도 돼?"

"아니!"

혜진은 꽃잎을 맞으며 제자리서 빙글빙글 돌았다.

몇 번 도는가 싶더니 이내 균형 감각을 잃고 비틀거렸다.

"어?"

"조심해!"

기명이 재빨리 혜진을 붙잡고 품속으로 끌어당겼다.

"……!"

두 사람의 시선이 서로 맞닿았다. 심장 뛰는 소리가 점점 빨라졌다. 부끄러운 듯 혜진이 피하려고 하자, 기명은 본능적으로 그녀를 붙잡고 더욱 끌어안았다.

"나…… 취한 거 아냐."

"응?"

"그러니까 지금 이것도 실수 아냐."

"……!"

기명은 혜진의 입술에 입을 맞췄다. 싫다고 자신을 밀어내며 뺨을 때린다 해도 어쩔 수 없었다. 그러나 혜진은 피하지 않았다.

벚꽃 잎 흩날리는 어느 날 밤.

그날 밤은 기명의 첫 키스를 오래도록 기억하게 하는
밤이었다.

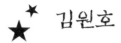 김원호

김원호.

기안고에서 이 이름 세 글자를 모르는 사람이 있다면,
그건 눈 감고 귀를 닫은 채 학교만 다닌 사람일 것이다.
사람들은 자신을 스쳐가는 대부분의 사람들을 기억하지
못하지만, 스쳐가는 이가 원호였을 땐 누구나 그를 기억
했다.

'와아……' 이런 감탄사로 시작하여, '잘생겼다'란 직
접적인 표현, 그리고 '누구지?'라며 절로 갖게 되는 호기

심. 이렇게 세 단계에 거쳐 그가 누군지 알고 싶게 하는 궁금증을 유발했고, 이내 그가 누군지 알면 쉽사리 잊지 못하게 만드는 데가 있었다.

그렇게 원호를 기억하는 사람이 많은 반면에, 원호 자신은 자기에게 관심을 갖는 이들을 대부분 알지 못했다. 정말 친한 사이이거나, 혹은 그 반대로 자신에게 위협이 될 정도의 존재가 아니라면, 거의 모든 이가 그저 스치고 말 존재들이었으니까. 사실 그들은 대부분 원호에 대해 자세히 알지 못했다. 외모, 학벌, 재력 등 모든 면에서 잘났다는 것 외에는 누구도 그에 대해 아는 것이 없었다. 원호는 그저 잘난 놈이었다.

그런 원호를 최근 들어 신경 쓰이게 하는 존재가 있었다.

"······우기명."

어느 면에서나 늘 우위에 서 있었던 원호였다. 그런데 입학식 때부터 묘하게 자신의 자리를 그 녀석이 빼앗아가는 것 같다. 처음 봤을 땐 촌동네에서 올라온 찌질이인 줄 알았는데, 어느 샌가 돌변해서는 원호를 자꾸 거슬리게 하는 것이다. 맘에 들지 않았다.

"야. 김원호!"

"?"

하굣길에 생각에 잠겨 있던 원호를 발견하고 그를 부른 건 혜진이었다.

"아까부터 불렀는데 못 들었어?"

"못 들었어. 미안."

"너 요새 왜 그래?"

"왜, 뭐가."

"문자 보냈으면 답장을 해야할 거 아냐."

"아, 미안. 몰랐어."

"몰랐다고? 손에 들고 있는 건 뭔데?"

"알림 꺼 놨어."

"전화도 잘 안 받고. 요즘 왜 그러는데? 확실히 좀 이상해졌다?"

"깜빡하고 못 받을 수도 있지. 뭐가 이상해. 내가 네 전화 때문에 항상 확인하고 다녀야 돼?"

"뭐?"

원호는 계속되는 혜진의 추궁에 순간 언성을 높였다.

혜진은 짜증을 부리는 원호의 태도에 황당해하며 할 말을 잃고 원호를 바라보았다.

"……나중에 연락할게."

원호는 언제일지 모르는 나중을 기약하고 돌아섰다. 그때였다.

"원호야."

"……!"

그런 원호를 부르는 또 다른 이가 있었다. 교문 앞에서 검은색 고급 외제차에 기대 손을 흔들고 있는 중년의 여성. 여자를 보자 원호의 인상이 더욱 일그러졌다. 원호는 터벅터벅 여자에게로 걸어갔다. 그리고 여자가 열어주는 문으로 말없이 차에 올라탔다. 이 모든 것을 지켜보던 혜진은 원호와 중년의 여자가 탄 차가 시야에서 사라질 때까지 시선을 거두지 못했다.

"누구니? 저 여자앤?"

여자는 차창 너머의 혜진을 보며 원호에게 물었다.

"알 거 없잖아요. 어차피 저한테 관심도 없으면서."

"알아서 나쁠 건 없잖니."

"신경 *끄세요.*"

"뭐, 네가 누굴 만나고 다니든 상관은 없는데, 사고만 치지 마."

원호의 날선 대답에도 여자는 상관없다는 듯 굴었다.

"아버지…… 병원에 입원하셨다면서요? 괜찮으신 거예요?"

원호는 방금 전까지의 태도와는 달리 여자에게 조심스럽게 물었다.

"일 때문이야. 네가 신경 쓸 일 아니야."

"그럼 여긴 왜 오셨어요?"

"엄마가 아들 만나러 오는데 이유가 있니?"

"진짜 엄마라면 이유가 필요 없긴 하죠."

여자는 원호의 엄마였다. 하지만 원호를 낳아준 엄마는 아니었다. 친모는 따로 있었다.

원호의 아버지는 한국에서 잘 나가는 모 기업의 총수. 과감하고 모험을 두려워하지 않는 그의 경영 철학은 사생활에서도 크게 다르지 않았다. 능력 있고 돈도 많으니

따르는 여자들 역시 많았다. 원호의 어머니도 그 여자들 중 한 명이었다.

"자."

"?"

여자는 지갑에서 무언가를 꺼내 원호에게 건넸다. 비행기 표였다.

"너, 이제 고등학생도 됐으니 영어는 문제없지? 모자라면 그쪽 계좌로 더 보내줄 테니까 여기 정리하고 유학 가. 가면 거기 사람들이 좋은 고등학교도 소개시켜 줄 거야."

"갑자기 무슨 말씀이죠?"

"TV 안 봤니? 지금 밖에서 우리 아들들이 계열사 방송국 지분 좀 가져갔다고 말이 많잖아. 뭐, 경영 승계니 뭐니. 회장님 병원에 입원하신 것도 그 때문이야. 기자들 뻗치기 피해 병원에 계실 정돈데, 잘못하다 네 존재라도 발각돼봐라."

"……."

사생아. 그게 바로 원호의 존재였다.

"평범하게 살고 싶다며? 그렇게 해줄 테니 말 들어."

"아버지가 시킨 거예요?"

"원호야. 내가 왜 남편이 부정해서 낳은 자식인 너를 지금까지도 이렇게 돌봐주고 있는지 아니?"

"……?"

"넌 네 주제를 알고 있기 때문이야. 널 버리고 도망간 네 엄마와는 다르게, 아주 잘."

원호의 눈빛이 살짝 흔들렸다.

"지금까지 잘해왔잖니. 계속 지금처럼 우물 안에만 있어."

"싫다면요?"

"싫어? 개구리가 우물에서 나오면 어떻게 되는 줄 알아?"

"……."

"뱀에게 잡아 먹혀."

여자는 싱긋 웃었다. 그러나 그 미소는 그 어떤 협박보다 무시무시한 무언가를 담고 있었다.

"다 왔다. 내려."

"……."

차가 멈췄다. 원호는 말없이 차 문을 열고 내렸다. 여자는 창문을 내리고 원호를 향해 말했다.

"오래 못 기다려. 빨리 정리해."

여자는 자기 할 말만 전하고 차를 타고 가버렸다. 홀로 남겨진 원호는 그 자리에 가만히 서 있다가 손에 들린 비행기 표를 힐끗 보고는 발길을 돌렸다.

삐삐삑. 비밀번호를 누르고 집으로 들어온 원호는 가방을 아무데나 던져 놓고 신경질적으로 상의를 벗었다. 소파에 털썩 앉아 오디오를 켰다. 빠른 비트에 시끄러운 음악 소리가 집안을 울렸다. 음량을 최대로 올리곤 원호는 두 눈을 감았다.

50평은 족히 넘어 보이는 고급스러운 복층 아파트. 텔레비전, 오디오, 집안을 채우고 있는 가구들. 그러나 이 넓은 집에 살아있는 것이라곤 원호뿐이었다.

"하아……."

음악은 모든 소리를 잡아먹듯 흘러나오고 있었지만, 원호의 한숨 소리는 또렷이 들렸다. 넓은 집에 불은 다

켜져 있으나 사람은 없다. 다 가졌지만, 사실 다 가지지
못한 그였다.

외로웠다. 주위에 그렇게 사람이 많으면서도 채울 수
없는 공허함이 그를 외롭게 했다. 폰을 켜고 전화번호부
를 살폈다. 위로가 필요했다. 지금 이 순간을 잊게 해줄
사람이 그리웠다. 그러나 그의 외로움을 채워 줄 이는 아
무도 없었다.

원호는 언제나 그랬듯 어디론가 전화를 걸었다.

"야. 나와. 놀자, 오늘."

창주는 오늘도 럭키스타일에 들렀다. 남정이 시키는
대로 옷도 입고, 포즈도 취하고, 사진도 찍었다. 뭐, 기명
이 더 많이 찍긴 했지만.

"아아 오늘도 졸라 보람찬 하루네!"

창주는 기명과 헤어지고 집으로 돌아오는 길이었다.
지나가던 사람들이 흠칫 놀라며 창주에게서 멀리 떨어
져 걸었다. 5대 5 가르마에 머리띠를 두르고 BB크림으로
떡칠한 그의 얼굴이 평범해보이지는 않았을 터였다. 게

다가 꽉 조인 교복 바지는 보는 사람의 마음까지 조여들게 만드는 구석이 있었다. 하지만 창주는 당당했다. 이게 바로 그가 생각하는 자신만의 멋이었으니까.

툭.

골목을 꺾으려던 참이었다.

"어? 김창주?"

"……!"

아는 얼굴이었다.

"오랜만이다?"

"김원호……."

창주와 부딪친 건 원호였다. 둘 사이에 서먹서먹한 기운이 흘렀다. 이내 창주가 가던 길을 가려고 발길을 돌렸을 때, 원호가 말을 건넸다.

"집에 가냐?"

"……어."

"좀 놀다 가. 지금 애들 다 모여 있는데."

창주는 원호의 말을 무시하고 걸었다.

"아버지 잘 계시냐."

"!"

순간 창주는 걸음을 멈췄다. 고개를 돌려 원호를 바라보자, 원호는 창주를 향해 씨익 웃었다.

"사업은 잘 되시지? 어려운 거 있으시면 언제든지 말해. 내가 우리 아버지한테 얘기 잘 해놓을 테니까. 우리 친구잖아. 그치?"

"……."

친구. 그 친구란 이름 하에 원호는 늘 이런 식으로 창주를 대했다. 창주는 주먹을 꽉 쥐고 무조건 참았다. 억울하고 분했지만 어쩔 수 없었다. 권력을 손에 쥔 사람은 원호고, 창주는 그 권력에 휘둘리는 자였다.

"그래서 물어보는 건데……."

"?"

"너도 그렇고, 우기명도 그렇고, 왜 갑자기 꾸미기 시작한 거야? 전에 집에 가는 길에 보니깐 웬 형이랑 옷이 가득 든 차 타고 가던데. 쇼핑몰이라도 차렸어?"

"그냥…… 알바 하는 거야."

"그래? 어딘데?"

"그건 왜?"

"나도 거기서 옷이나 한 벌 사게."

"……"

"어디냐고."

"럭키스타일……이라고 있어."

"아아, 거기! 들어본 거 같은데. 요즘 짭 판다고 말 많지 않나?"

"뭔 상관이야. 입고 간지만 나면 되는 거지."

"훗. 간지라. 좋지. 근데……"

"?"

원호는 한 발짝 창주에게 다가가 가까이 얼굴을 들이대며 말했다.

"나대지 마. 거슬리잖아."

"!"

차가운 그의 목소리에 창주는 순간 말을 잃었다. 원호는 창주를 싸늘한 눈빛으로 내려다보고는 어깨를 툭 치고 가버렸다. 불길한 예감이 창주를 스치고 지나갔지만, 그때는 아무 일도 없을 거라 생각하며 넘겨버렸다. 그러나 그것은 훗날 오해의 씨앗이 되어 또 다른 사건을 불러일으켰다. 그때는 생각하지 못한, 불길한 사건을.

며칠 후. 페이스북을 확인하던 원호는 이상한 것을 발견했다.

한 장의 사진과 댓글이었다. 사진은 혜진과 기명이 다정하게 얼굴을 맞대고 찍은 것이었고, 사진이 올라간 페이지에 기명이 댓글을 달아놓았다.

[술 냄새 쩔었어.]

"헐……."

몇몇 댓글들을 살펴보니, 혜진의 생일날 찍은 사진 같았다.

"생일이었어?"

몰랐다. 까마득히. 그러나 매년 혜진의 생일에는 원호가 함께 있었다. 원호는 사진을 다시 들여다보며 인상을 찌푸렸다. 자신이 혜진의 생일에 초대받지 못해서가 아니었다. 이유는 하나. 원래 원호의 것이었던 것들을 기명이 하나씩 차지하고 있다는 게 썩 기분 좋지 않았다.

원호는 기명의 페이스북에 들어가 보았다. 럭키스타일 페북에 '좋아요'가 되어있었다. 럭키스타일에는 기명이 모델로 나온 상품 사진들이 있었다.

"짝퉁 새끼들……."

기명이 사진 하나를 올릴 때마다 사람들은 수십 개의 댓글을 달았다.

[잘 생겼어요 ^^]

[완전 쩐다.ㅎㅎ]

원호는 댓글들을 확인했다. 과거 자신이 페북 얼짱으로 막 이름을 떨치기 시작했을 때처럼 기명도 관심을 받고 있었다.

"……!"

원호는 댓글들을 확인하던 중, 눈에 띄는 댓글을 발견했다.

[과거 세탁한다고 무기명이 어디 가냐?ㅋㅋㅋ]

'뭐지……?'

원호의 눈길을 끄는 댓글. 원호는 한동안 폰을 손에 쥐고 놓지 않았다.

과거

청계천에는 전보다 많은 사람들이 모였다. 부처님 오신 날 행사 중이었다. 다양한 빛깔의 연등들이 길거리를 메웠고, 그곳에는 기명과 남정, 창주도 있었다. 축제 기념 자선 바자회에 럭키스타일도 참여하게 된 것. 천막 한 칸에 자리를 잡고 럭키스타일에서 판매하고 있는 옷들을 선보였다. 물론 수익금은 전액 기부였다. 한 차례 손님들이 몰려왔다가 나가고 한가한 사이, 옷을 정리하던 창주가 투덜댔다.

"아니, 돈도 못 버는데, 이런 봉사활동이나 시키고 있어요?"

"니들한테도 대학갈 때 중요한 거다. 닥치고, 웃어."

"우이씨."

"씨이? 너 이 새끼 일루 와 봐. 어디 형님이 말씀하시는데······."

옷 정리를 하던 남정이 까부는 창주를 때리려던 그때였다.

"형!"

"?"

천막 안으로 들어와 남정을 향해 형이라고 부르는 이.

"어? 너 이 새끼······ 혁수 아냐!"

기안고 2학년 윤혁수였다.

"잘 지내셨어요?"

"그럼. 잘 지내냐. 혁수 넌 여전히 시크하구나. 여긴 어쩐 일이냐."

"형 오늘 행사 참가한대서 잠깐 보러왔죠. 어때 좀 괜찮아요?"

"바자회에 괜찮고 안 괜찮고가 어디 있냐."

남정은 혁수를 반겼다. 둘은 꽤 오래 전부터 친한 듯 보였다. 창주가 슬금슬금 기명의 옆으로 다가와 속삭였다.

"야. 남정이형 그저 그런 옷장사꾼인 줄 알았는데, 윤혁수도 알고 완전 까리한데?"

"그러게."

기명과 창주는 남정이 새삼 대단하게 느껴졌다.

"아, 참, 형도 패션왕 대회 나가시죠?"

"패션왕?"

"아직 모르셨어요? 패션왕 한다고 공고 떴던데."

"에휴, 내가 뭘. 나야 옷이나 많이 팔아서 돈만 벌면 되지. 뭐, 날 대신할 놈이 있긴 하지."

"예? 누구요?"

남정은 슬그머니 고개를 돌렸다. 순간 기명과 눈이 마주쳤다.

"……!"

그러나 이내 시선을 거두고 혁수와의 대화를 이어갔다.

"야. 나가자. 오랜만에 만났는데, 이렇게 보낼 순 없지."

남정은 기명과 창주를 향해 고개를 돌렸다.

"야!"

"네, 형!"

"너희, 가게 잘 보고 있어! 나 잠깐 나갔다 온다."

"예!"

혁수와 함께 남정이 나가고, 천막 안에는 기명과 창주만 남아 있었다.

"야. 우기명."

"어?"

"너, 박혜진 만나고 다니더라?"

"아, 음…….'

"오올, 이 새끼. 순진한 척 해놓고 뒤로 수박씨 까고 다니네?"

"수박씨 아니고, 호박씨거든? 그리고 아직 아니거든?"

"아직 아니라니……?"

기명은 얼굴을 붉혔다. 지난 날 벚꽃 흩날리는 밤하늘

아래서의 기억이 떠올랐다.

"어쨌거나 만나기는 한다는 거잖아! 새꺄!"

창주는 기명의 목에 헤드락을 걸었다. 그들이 그렇게 놀고 있는 동안, 천막 안으로 손님이 들어왔다. 창주는 황급히 기명을 놓아주었고, 기명은 켁켁거리며 목을 어루만졌다.

"암튼, 조심하는 게 좋을 걸?"

"뭘?"

"박혜진 말이야."

"그러니까 뭐가?"

"딱 보면 모르겠냐. 걔 원래 김원호 이거였잖아."

창주는 새끼손가락을 펼쳐보였다.

"요새 네가 좀 잘 나가니까 너한테 엉겨붙나 본데, 조심해라. 까닥하면 너만 장난질에 놀아나는 수가 있어."

"혜진이 그런 애 아니거든?"

"아니긴 뭐가 아니야. 형님 말 잘 들어. 다 너한테 피가 되고 살이 될 테……."

"이열…… 우기명!"

천막 안으로 들어오던 손님 중 하나가 기명을 아는 체했다. 자신을 부르는 소리에 기명이 고개를 돌렸다.

"!"

"이런데서 만나게 되네? 오랜만이다?"

"강……기태."

기명의 중학교 친구들. 아니, 기명을 괴롭히던 일진 놈들이었다.

"수학여행에 휴일이 껴있어서 기분 뭣 같았는데, 다 이유가 있었는갑네. 너 만나게 해주려고 그랬나보다."

"바, 반갑다."

"반갑다? 하아 이 새끼 졸라 어이없네? 야, 무기명! 서울 물 먹으니 눈깔에 뵈는 게 없냐?"

기태란 놈이 기명의 어깨를 툭툭 쳤다. 기명은 아무런 반항 없이 뒤로 밀려났다. 큰소리가 나자 천막 안에 있던 손님들이 하나 둘 슬그머니 빠져나갔다. 기명은 기태의 손을 탁 하고 쳐냈다.

"허얼, 이 새끼 봐라?"

"야! 뭐야, 너네!"

기태가 손을 들어 기명을 때리려는데, 창주가 나섰다.

"너야말로 뭔데? 무기명 친구라도 되나?"

"그래! 이 X만한 새끼들아!"

"뭐? 이 얼굴에 밀가루 쳐 바른 새끼가 같이 뒈지고 싶나!"

"창주야, 참아."

기명은 창주를 말렸다. 그때였다. 일진 놈 중 한 명이 무언가를 가리켰다.

"야. 이거 봐라?"

모두의 시선이 그곳으로 향했다.

"이거 짝퉁이야. 교미스테. 푸하하."

"짭이네, 짭!"

그들은 옷에 달려있는 브랜드 마크를 보며 비웃었다.

"X신들. 이런 거 팔려고 여기다 가게 차렸냐?"

"파는 거 아냐. 바자회 하려고 내놓은 거지."

"무기명. 이 길로 쭉 걸으면 우리 숙소거든. 와라. 간만에 같이 놀자."

"나, 나 행사 참여 중이라 못 가."

"뭐?"

"못 간다고."

찰싹. 놈은 기명의 뺨에 따귀를 날렸다. 그 바람에 기명의 뺨은 빨갛게 부어올랐다.

"어때, 무기명. 예전 기억이 새록새록 나냐?"

"야! 이 새끼들이!"

창주가 앞으로 나서자 일진 무리들이 그를 말렸다.

"가자고. 이 X발놈아."

"……싫어."

"이 새끼가!"

기명의 멱살을 잡고 다시 한 번 더 손을 치켜세우는 그때!

"야. 뭐냐, 니들."

"……?"

남정이 들어왔다.

"하. 그러는 니는 누구신데요?"

"아 저요?"

남정은 공손하게 존댓말을 썼다. 그러나, 픽! 남정은

가까이 있던 일진 놈의 배를 걷어찼다. 그리고 이내 다른 일진 놈들도 한 번에 제압해버렸다.

"······!"

"여기 주인이다. 이 X만한 새끼들아! 호빵맨 마냥 면상 뜯어 먹어버리기 전에 빨리 안 꺼져?"

남정의 험악한 인상에 일진 놈들은 황급히 자리를 떴다. 남정에게 맞은 곳을 부여잡으며 부랴부랴 밖으로 나가면서까지 기명을 향해 인상을 썼다. 개중 하나는 입모양으로 이렇게 말했다. '너 두고 보자.'

하지만 기명은 개의치 않았다. 곁에서 창주가 누구냐며 물어왔지만 기명은 묵묵히 옷을 다시 진열했다. 꺼내고 싶지 않은 과거였다. 그럴 수만 있다면 감추고 싶은 과거.

"······."

기명은 한동안 입을 다물었다. 그러나 감추고 싶었던 과거는 끝내 기명을 놓아주지 않고 그의 발목을 붙잡았다.

며칠 후, 기안고.

기명은 여느 때와 같이 등교 중이었다. 그를 알아본 여학생 몇이 그의 뒤를 따르며 흘긋거렸다.

"야. 쟤야? 혜진이랑 사귄다는 애가?"

"그럴 리가 있냐. 혜진이가 뭐 하러 쟤한테 붙어."

저들끼리 속삭인다고 속삭였지만, 다 들렸다.

"근데 그거 때문에 김원호가 졸라 엿 먹었다던데?"

"진짜? 하긴⋯⋯. 둘이 사이가 안 좋긴 하다더라."

"그럼 혜진이가 김원호 버리고 우기명한테 붙은 거임?"

"헐, 대박. 박혜진 완전 여우네."

'뭐? 혜진이가 뭐가 어쩌고 저째?'

휙. 기명은 잘 걷다가 뒤를 돌아봤다. 갑작스런 기명의 행동에 여학생들이 놀라 같이 자리에 멈췄다. 기명이 인상을 쓰자, 여학생들은 시선을 피하며 돌아갔다.

'별 예쁘지도 않은 것들이⋯⋯.'

기명은 다시 앞을 향해 걸었다.

"야! 우기명!"

"?"

자신을 부르는 소리에 기명은 뒤를 돌아보았다. 저 멀리서 창주가 뛰어오고 있었다. 창주가 기명 앞에 도착하자, 그는 헉헉거리며 말을 이었다.

"야…… 헉헉…… X 됐어! 빨리 와봐!"

"왜? 뭐가?"

창주는 무릎을 부여잡고 숨을 골랐다.

"남정이형……."

"남정이형? 형이 왜?"

"……잡혀갔어."

"뭐?"

"짭새한테 잡혀갔다고. 새끼야."

"!"

기명과 창주는 곧바로 사무실로 향했다. 그들이 도착했을 땐, 사무실은 엉망이었고 남정은 없었다.

"대체 무슨 말이야? 남정이 형이 잡혀갔다니?"

"몰라 나도. 갑자기 짭새 새끼들이 들이닥쳐 가지고. 남정이형 지금도 전화고 뭐고 다 답장이 없는 거 봐선 아직 경찰서에 있는 거 같은데……."

"지금까지 문제없다가 왜 갑자기……? 우리끼리 몰래 사무실 물건 다 빼놓을까?"

"벌써 짭새 새끼들이 다 가져갔어. 이젠 빼도 박도 못 해."

"하아…… 대체 누가 신고한 거야."

기명은 한숨을 내쉬었다. 연락이 안 될 걸 알았지만, 남정에게 전화를 걸어보았다. 역시나 받지 않았다. 어떻게 하면 좋을지 판단이 서지 않았다.

"야, 혹시……."

"?"

"에이, 아냐. 그럴 리가 없어."

창주는 뭔가 생각이 난 듯 할말이 있어보였지만, 쉽사리 입을 열지 않았다.

"뭔데 그래?"

"아니, 혹시 신고한 새끼 말이야."

"뭐야. 너 누군지 알아?"

"확실한 건 아닌데…… 내가 얼마 전에 김원호를 우연

히 만났거든?"

"김원호?"

"근데 그 새끼가 우리 쇼핑몰에 대해서 물어보더라고. 짭 파는 데 아니냐고……."

기명의 표정이 일그러졌다.

"맞지? 그 새끼가 신고한 거지?"

"창주야. 침착하게 생각해보자. 원호 말고 다른 사람일 수도 있어."

"아이, X발. 뭔 생각을 해! 김원호 그 새끼라고! 그 새끼가 남정이형 물 먹인 거라고. X신아!"

"뭐? 누가 그랬다고?"

그때였다.

"……!"

갑작스러운 목소리에 두 사람은 화들짝 놀라 고개를 돌렸다. 남정이 정색한 얼굴로 바라보고 있었다.

"형, 괜찮아요?"

"아니, 졸라 안 괜찮아. 누가 신고했다고? 김원호?"

"네. 맞아요. 그 새끼가 분명해요."

"남정이형 잠깐만요. 우선 먼저 확실하게……."

"이런 개XX!"

"혀, 형!"

남정은 짧은 욕설을 내뱉으며 곧장 발걸음을 돌렸다. 기명이 그를 말려보려 했지만 무리였다. 남정이 창주의 말을 듣고 향한 곳은 기안고. 원호는 학교에 있었다.

드르륵. 쾅. 남정이 성난 얼굴로 교실 문을 열어젖혔다.

"야! 김원호가 누구냐!"

뜻밖의 외부인에 아이들은 남정을 보고 수군거렸다. 그 사이, 창가에 앉아있던 원호가 시크하게 손을 들어보였다. 남정은 원호를 향해 저벅저벅 걸어갔다. 심상치 않은 기운에 두치가 자기 자리에서 일어났다.

"뭔데 남의 신성한 학교에 와서……."

퍽! 남정은 아랑곳 않고 두치의 면상에 주먹을 날렸다. 싸움이라면 한 주먹 하는 두치가 한 방에 옆으로 나가떨어지자, 이내 아이들 역시 놀라며 남정에게서 멀어졌다.

그 광경을 지켜본 원호가 미간을 찌푸리며 자리에서 일어섰다.

"이 개ＸＸ야!"

퍽! 남정은 원호의 가슴을 발로 걷어차 버렸다. 원호는 그대로 바닥으로 쓰러졌다. 남정은 쉴 새 없이 원호를 발로 찼다. 원호는 반격 없이 팔로 머리를 감싸고 맞을 뿐이었다.

"Ｘ만한 새끼가 뒤질려고 신고를 해? 이 ＸＸ놈아! 내가 옷 팔면서 너한테 피해줬어? 어?"

"남정이형!"

"!"

그 사이, 기명과 창주가 도착했다. 이미 사건은 터진 후였다. 기명이 앞서나가며 싸움을 말리려는 그때!

띠리링. 문자 알림음이 울렸다. 폰을 확인한 기명은 눈이 휘둥그레졌다.

[무기명! 짭새랑 잘 면담 중이냐? 청계천 콧수염 새끼랑 Ｘ돼봐라.ㅋㅋㅋ]

"……!"

신고를 한 건 원호가 아니었다. 기명은 폰과 남정에게 맞고 있는 원호를 번갈아보았다. 머릿속에는 한 가지 생각뿐이었다.

'아, X됐다.'

그때, 한참을 맞고 있던 원호가 틈을 노려 남정을 다리를 걸어 넘어뜨렸다. 남정은 서둘러 일어나려 했지만, 어느새 끼어든 두치가 달려들어 남정을 걷어차 버렸다.

"이 미친 새끼. 아주 죽여 버려!"

그 말을 신호로 일진 패거리들이 달려들어 남정을 무자비하게 때리기 시작했다. 전세역전이었다. 원호는 자리에서 일어나 지저분해진 옷을 탈탈 털었다. 터진 입술에서 피가 났다. 원호는 인상을 찌푸리며 손으로 입술을 매만졌다. 폰을 꺼내 거울로 삼고는 머리를 정리 하고 얼굴 곳곳에 또 다른 상처가 없는지 살폈다. 그리고 싸늘한 눈빛으로 남정을 내려다보았다.

원호가 다가서자 남정을 때리던 아이들이 비켜섰다. 원호는 무릎을 굽히고 앉았다. 흠씬 얻어맞은 남정이 흐

리멍덩한 눈빛으로 원호를 올려다보았다. 원호는 남정을 보고 물었다.

"아저씨…… 나 알아요?"

"그럼…… 넌 나 아냐?"

"나 정말 몰라서 묻는 건데."

"하아…… 이 X새끼야. 네가 신고해놓고 발뺌이냐."

"신고?"

"잠깐만!"

기명은 아이들을 제치고 남정이 있는 곳으로 다가갔다.

"우기명……."

"뭔가 오해가 있나 본데……."

"오해?"

"그러니까 내가 다 설명할게. 이게 어떻게 된 거냐면……."

"기명아."

"……?"

"내가 말했지."

"어?"

"한번만 더 이러면 진짜 화날 거 같다고."

"……!"

이례적인 일이었다. 원호의 그 차가운 표정과 말투는 여태껏 본 적 없는 것이었다. 기명이 남정을 막아서고 싸움을 말리려던 찰나, 원호는 기명을 향해 주먹을 날렸다.

"으억."

저도 모르게 신음을 내뱉으며 나가떨어진 기명. 아팠다. 처음 맞는 주먹이 아니었지만 오랜만에 맞아서였는지, 아니면 원호의 주먹이 세서였는지는 알 수 없어도 정말 아팠다. 기명은 볼을 어루만지며 자리에서 일어섰다. 원호가 다가와 다시 발로 내리치려는 찰나, 기명이 피했다.

"!"

더 이상 참을 수 없다. 맞고만 있지 않을 거다. 기명은 가슴팍 위로 두 주먹을 쥐었다. 그 모습을 보고 원호가 피식 웃었다. 그 틈을 타, 기명은 원호에게 주먹을 날렸다. 하지만 원호가 재빨리 피하는 바람에 빗나갔다. 기명의 주먹은 어설펐다. 원호는 또다시 피식거렸다.

"으아악!"

기명이 기합을 지르며 원호에게 달려들었다. 원호가 방심한 틈에 그대로 그를 끌어안고 바닥으로 쓰러졌다. 기회는 이때였다. 기명은 원호 위에서 그를 향해 주먹을 날렸다.

퍽! 상황을 지켜보던 두치가 기명의 옆구리를 발로 찼다. 그 바람에 기명은 옆으로 꼬꾸라졌다. 두치가 고통스러운 신음을 내뱉는 기명에게 다가가 그의 멱살을 붙잡고 주먹을 날리려는데,

띠리링. 또다시 문자 알림음이 울렸다. 그러나 이번엔 달랐다. 그를 시작으로 교실 곳곳에서 각양각색의 알림 소리가 들렸다.

"……?"

일순간 정적이 흘렀다. 저마다 문자를 확인하던 아이들의 눈이 커졌다. 그리고 그들의 시선은 기명에게로 집중되었다. 두치 역시 문자를 확인하고는 기명을 내려다보았다.

"하아, 이거 완전 X찐따 새끼 아냐?"

"……!"

싸움은 그것으로 종료되었지만, 기명에게는 더 큰 사건이 기다리고 있었다. 감추고 싶었던 그의 과거가 세상에 다 까발려지고 말았다.

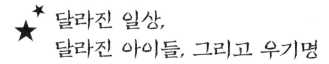

달라진 일상,
달라진 아이들, 그리고 우기명

집으로 돌아온 기명은 긴장된 표정으로 폰을 꺼냈다.
누군가가 링크를 건 인터넷 주소가 있었다. 침을 꿀꺽 삼
키고 기명은 주소를 클릭해 들어갔다. 링크를 따라간 페
이지에는 몇 개의 동영상들이 올라와 있었다.

"……!"

동영상에는 모두 기명의 모습이 찍혀있었다. 중학생
우기명의 모습이 고스란히. 영상을 본 이들의 댓글도 있
었다.

[헐, 대박! 여태까지 X찐따가 얼짱 행세 한 거임?]

[듣보잡이 졸라 나대더니. 쯧쯧.]

[변태 새끼.]

[얘랑 같은 중학교 나온 애가 그러던데, 3년 내내 빵셔틀이었다는데?]

[미친. 그럼 여태까지 우릴 속인 거임? 이중인격 쩌네.]

기명은 말없이 손에 든 폰을 떨어뜨렸다.

"하아……."

모든 게 끝났다.

나름 잘 버티고 있다고 생각했는데. 새로운 환경에 새로운 모습으로 잘 적응했다고 생각했는데 아니었나 보다. 어차피 이렇게 밝혀질 거라면 처음부터 달라지고 싶다는 생각도 하지 않았을 텐데. 그냥 예전과 똑같은 무기명으로 살았을 텐데.

기명은 가슴이 답답하고 한숨 밖에 나오지 않았다. 자신을 바라보던 아이들의 눈빛이 잊히지 않았다. 혜진도 알까. 봤겠지? 그 영상들.

'하아. 내일부터 학교는 어떻게 다니냐.'

다음날 아침. 기명은 평소보다 일찍 일어났다. 아니, 밤새 한숨도 못 잤다는 말이 맞을 것이다. 그러나 평소보다 더 늑장을 부렸다. 학교에 가기 싫었다. 아프다는 핑계를 대고 빠질까도 생각해봤지만, 이불을 걷어내며 빨리 학교에 가라는 엄마의 잔소리에 기명은 어쩔 수 없이 자리에서 일어났다. 밥을 먹고, 씻고, 교복을 입었다. 평소와 다를 것 없는 기명 나름의 핏을 자랑하는 교복이었지만, 그 어느 때보다 초라해보였다.

등굣길은 예상대로 곤욕이었다. 학교에 가까워지면 가까워질수록 아이들의 시선이 따가웠다.

"야. 쟤다. 쟤."

"진짜 쟤야? 영상이랑 완전 다른데?"

"그러니까 과거 청산하고 얼짱으로 개겨보려고 한 거지. 관심 좀 받아보려고."

"저러고 싶을까."

기명의 곁을 휙휙 지나가는 아이들. 기명은 고개를 푹

숙이고 걸었다. 교문에서부터 운동장, 교실 복도까지 아이들의 시선은 달라져있었다.

픽!

"으윽……."

"왔냐! X찐따야?"

교실 문 앞에서 서성이는 기명을 본 두치가 그의 배를 발로 차버렸다. 바닥에 쓰러진 기명은 배를 부여잡았다.

"넌 졸라 익숙하지? 중학교 때도 이렇게 맞았을 거 아냐."

"……."

두치는 발로 기명을 툭툭 건드렸다.

"대답 좀 해봐. 이 새끼야."

"……."

"강원도 찌질이 왕따 새끼가 얼짱 행세 한 거 생각하면, 아우 XX!"

한동안 두치의 발길질은 멈추지 않았다. 기명을 때리는 두치 뒤로 원호가 바지주머니에 손을 넣고 서있었다. 맞는 기명을 감상 중이었달까. 어느새 아이들이 그들 주위로 동그랗게 모였다. 바닥에 누워있는 자신을 내려다보는 아이들의 눈. 참을 수밖에 없었다. 팔로 머리를 감싸고 묵묵히 발길질을 견뎌내는 수밖에.

"야, 박혜진!"

"……!"

그때였다. 두치가 발길질을 멈추고 혜진을 불렀다. 기명은 '설마…….' 하며 팔을 풀고 조심스럽게 눈을 떴다. 그의 시선이 향한 곳에는 아이들 사이에 서있는 혜진이 보였다.

"너도 동영상 봤지? 이 새끼가 말이야. 입학식 때부터 졸라 깝치더니, 알고 보니깐 강원도에서 샌드백으로 쳐맞다가 서울로 도망 온 찐따 새끼라잖아. 이런 게 얼짱 행세 하고 다녔다니 졸라 쪽팔려서."

"……."

"혜진아……."

"……!"

기명은 나지막이 혜진의 이름을 내뱉었다. 기명을 바라보던 혜진은 시선을 회피했다.

"야. 근데 혜진이랑 쟤, 사이좋지 않았어?"

"맞아. 사귄다는 소문도 있었잖아."

"뭐야. 그럼 원호는? 원호랑 사귀는 거 아니었어?"

주위에서 여학생들이 중얼거리는 소리가 들렸다. 갑자기 모두의 시선이 혜진에게로 쏠렸다. 차가운 눈빛들. 혜진의 얼굴엔 당황한 기색이 역력했다. 그 순간 원호와 눈이 마주쳤다. 여유롭게 이 상황을 즐기고 있는 그의 표정에 혜진은 손이 파르르 떨렸다.

"뭐, 뭐래! 내가 왜 쟤랑 사겨? 쪽팔리게. 얜, 내 친구도 아니야!"

"!"

아이들에게 소리치는 혜진의 말에 기명은 놀랐다. 혜진은 기명을 외면했다.

"아, 그냥 이 X만한 새끼가 들이댄 거네."

또 다시 퍽! 퍽! 두치가 사정없이 기명을 발로 찼다. 기명은 두치의 발길질보다 혜진이 내뱉은 말이 더 아팠다. 그래, 그럴 리가 없지. 내 과거를 알고도 날 아는 척할 리가 없지. 기명은 울컥했다. 그동안 그녀가 보였던 모든 호의는 기명이 아닌, 그저 인기 있는 한 남자를 향한 것이었나. 기명은 아무 말 없이 속으로 아픔을 감내했다.

"야! 니들 지금 뭐하는 짓이야!"

"······!?"

그때였다. 은진이었다. 아이들 사이를 가르며 나타난 그녀는 어느새 손에 든 마대 걸레를 들고 아이들을 위협했다. 그 바람에 기명을 때리던 두치와 아이들도 뒤로 물러섰다.

"기명아. 괜찮아?"

"······은진아."

은진은 아이들에게 기명을 보호하며 그가 괜찮은지 살폈다. 이미 흠씬 얻어맞은 탓에 여기저기 상처투성이였다.

"니들 뭔데, 사람 하나 가지고 여러 명이서 괴롭히냐!"

"이건 또 뭐냐. X찐따 새끼 그동안 여자 많이 후리고 다녔네?"

"우이씨!"

은진은 걸레를 들이밀며 두치를 위협했다. 두치는 뒤로 물러서며 걸레를 피했다.

"다들 저리 안 가?!"

"야아…… 눈물겹다. 눈물겨워."

"꺼지라고. 다들!"

은진이 걸레를 획획 휘두르자 아이들 모두 한 발짝 물러났다. 그 광경을 지켜보던 원호가 두치를 향해 말했다.

"야, 가자."

"어? 어어……."

원호가 자리를 뜨자, 아이들은 구경거리가 사라졌다는 듯한 표정으로 흩어졌다.

"휴우……."

은진은 아이들이 사라지자 걸레를 내려놓고 한숨을 푹 쉬었다. 그리고 뒤를 돌아 기명을 살폈다.

"기명아."

"……."

기명은 말없이 옷을 털며 자리에서 일어났다. 머리며, 교복이 엉망이 되고 얼굴은 상처투성이였지만, 기명은 그대로 내버려두었다.

"기명아. 괜찮아?"

은진이 기명에게 다가서며 상처를 확인하려는데, 탁!
기명이 은진의 손길을 거부했다.

"……!"

"만지지 마."

"왜 그래……?"

"나 좀 내버려둬."

"그래도 상처는 확인해야지."

은진이 다시 한 번 다가가 상처를 확인하려는데,

"만지지 말라고!"

"!"

기명은 은진의 손을 뿌리치고는 밖으로 나가버렸다.
은진은 기명의 행동이 당황스러웠다.

땡땡땡. 수업 시작을 알리는 종소리가 울렸다. 은진은
한동안 움직이지 않고 마대 걸레와 함께 홀로 그 자리에
남겨져 있었다.

기명은 정처 없이 걸었다. 이렇게 땡땡이를 쳐본 건 처음이었다. 모든 아이들이 학교에 있을 이 시간에 기명은 홀로 학교 밖으로 나왔다. 거리에는 무슨 이유로 이 시간에 교복을 입은 학생이 돌아다니는지 관심을 두는 사람들은 없었다. 햇살은 더없이 따뜻했다. 한참을 걷던 기명은 눈에 들어온 한 벤치에 앉았다.

꺼둔 폰을 켰다. 부재 중 전화, 문자, 각종 알림들이 봇물 터지듯 흘러나왔지만, 기명이 기다리던 연락은 아니었다. 페북에 들어가 보았다. 이미 페북에서도 유명해진 듯 전보다 비교가 안 될 정도의 댓글들이 쌓여 있었다.

[이 분 X찐따인 거 들통 나서 목 매달았답니다. 글 내려주세요.]

[솔직히 학교에서 이렇게 허세부리는 새끼들 보면 개패고 싶음;;]

[서울 세탁기로 말끔하게 과거 청소 할라 했구만. 찌질이 새끼ㅋㅋ]

[내 친구 얘랑 같은 반인데 맨날 여자애들한테 찝쩍대고 다닌다더라.]

억울하면서도 화가 났다. 전에는 좋다고 친하게 지내고 싶어 안달이던 사람들이 하루아침에 태도를 싹 바꾸다니. 세상에 믿을 놈 하나 없다는 말이 무엇인지 알 것만 같다.

띠리링.

"……?"

문자가 왔다. 확인해보니 창주였다.

[야. 어딨냐.]

[남정이형 병원 입원했다.]

[기안병원 708호. 빨리 와.]

[우기명 어딨냐.]

[나와라 오바]

어제부터 계속 전화에 문자를 보냈지만, 기명이 폰을 꺼둔 바람에 미처 확인하지 못한 것. 기명은 창주에게 전화를 걸었다.

딸깍.

"@!#%$%^!"

걸자마자 바로 받다시피 한 창주가 육두문자를 날렸다.

기명은 귀에서 폰을 떨어뜨리며 끝날 때까지 기다렸다.

"이 새끼, 너 어디야?"

"다 끝났냐."

"어디냐고."

"그냥…… 밖이야."

"형이 너 찾는다. 빨리 와라."

기명은 전화를 끊은 후, 병원으로 향했다. 가면 무슨 말을 해야 할지 어떻게 말을 꺼내야 할지 감도 안 잡혔지만, 지금 기명이 갈 수 있는 데라곤 그들이 있는 곳뿐이었다.

드르륵.

"야, 왔나!"

"우기명!"

"……."

기명이 병실 안으로 들어서자, 남정이 그를 발견하고 반겼다. 기명은 쭈뼛거리며 병실 안으로 조심스럽게 들어섰다.

"새끼, 형님이 입원했는데, 재깍재깍 못 오냐!"

"형…… 괜찮으세요?"

"안 괜찮아. 새꺄. 형님 미라 된 거 보면 몰라? 이 왼손
은 전혀 움직이지도 않고, 다리도 작살났다. 근데 뭐, 의
사 새끼 말이 열심히 재활하면 조만간 다 회복할 수 있다
니까."

"……"

"깽값도 못 받아서 이빨 해 넣으려면 돈도 드는데……
이번 생은 망했어."

남정은 부러진 이빨을 손으로 만졌다. 그 바람에 기명
이 피식 웃었다.

"에휴, 새끼야. 학교에서 나오니까 좋냐?"

"……"

"동영상 좀 털렸다고 학교도 안 가고."

"형."

"?"

"저…… 이사 가려고요."

"뭐?"

"야, 우기명."

기명은 고개를 푹 숙였고, 남정과 창주는 기명을 바라보았다.

"너 그럼, 이사 갔는데 다른 놈이 과거 알고 퍼트리면 또 전학갈 거냐?"

"……."

"그렇게 졸업할 때까지 계속 학교만 옮겨 다닐래? 네가 도망자야? 해리슨 포드야?"

"형, 그게 사실…… 제가 서울에 온 이유는……."

픽! 기명의 뒤통수를 때린 건 다름 아닌 창주였다. 기명이 머리를 감싸며 창주를 보자, 창주가 울먹였다.

"너 밖에 없었다고. 병신아!"

"……?"

"원호 그 새끼한테 대놓고 개기는 새끼는 세상에서 너밖에 없었다고. 나나 다른 새끼들은 그 새끼 앞에서 엎드려 있기 바빴는데 넌 개겼다고! 이 병신 새끼야!"

"……창주야."

"네가 이대로 무너지면, 난 다시 양아치 같은 찐따로

돌아가는 거잖아."

창주는 애써 눈물을 삼켰다. 기명은 말없이 창주를 바라봤다.

"이사도, 전학도 가지 마. 애들이 괴롭히면 내가 다 막아줄게!"

"하지만……."

창주는 간절한 눈빛으로 기명을 보았다. 기명은 그 눈빛을 외면할 수 없었다. 기명은 고개를 끄덕였다. 창주는 반색하며 기명을 끌어안고 머리를 헝클어트렸다.

"씨X 오글거리는 새끼들."

"아 형!"

"왜 이래? 저리 가, 새끼들아!"

"에이 혀엉."

기명과 창주는 누워있는 남정 위로 그를 얼싸안았다. 기겁을 하는 남정을 장난스럽게 더욱 끌어안아버리는 두 사람. 기명은 무언가 알 수 없는 감정을 느꼈다. 여태껏 혼자라고 생각했는데, 그는 혼자가 아니었다.

슬픔을 표현하는 데는 사람마다 여러 가지 방식이 있

다. 울거나, 숨거나, 또는…… 웃거나.

그러나 무엇보다 기명은 자신을 알아주는 이가 있어 다행이라고 생각했다. 세상 사람들 모두 자신을 욕하고 배신해도 이 사람들만 있어주면 다행이라고.

"아……."

기명은 문득 한 사람이 떠올랐다. 언제나 기명의 편이 되어줬던 또 다른 한 사람이.

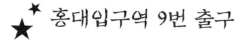 홍대입구역 9번 출구

"야, 이거."

기명은 곱게 포장되어있는 선물 하나를 내밀었다.

"아, 아니지, 아니지. 흠흠."

기명은 목청을 다시 가다듬고 다시 포장된 선물을 건넸다.

"선물이야, 받아. 아…… 이게 아닌데."

기명은 홀로 가상의 인물과 대화 중이었다. 선물을 줬다 뺏었다, 누가 보면 혼자서 생쇼하고 있는 줄 알 정도였다. 기명이 계속 혼잣말로 지껄이고 있을 때, 빌라 안으로 들어오던 은진이 기명을 발견했다.

"......!"

은진은 기명을 한번 보고는 입술을 삐죽이며 그를 못 본 척 지나치려고 했다. 기명은 미처 은진을 보지 못했다. 계단을 올라가는 발걸음 소리가 들리자, 기명은 그제야 눈치를 채고 은진을 불렀다.

"야! 곽은진!"

"......."

은진은 자신을 부르는 소리에 발걸음을 멈췄다. 그러나 이내 무시하고 다시 계단을 올라갔다.

"잠깐만! 나 너한테 할 말 있어!"

"......무슨 할 말?"

은진은 뒤돌아섰다.

"미안해."

"......!"

"미안해. 그때. 넌 나 지켜주려고 그런 건데, 너무 쪽팔려서 너 밀치고 나와 버린 거. 사과할게."

"뭐? 내가 쪽팔려?"

"아! 아니! 내가…… 내 자신이 너무 쪽팔려서 그랬어. 미안."

"……."

"그리고 고마워. 정말 많이."

기명의 말에 은진은 살짝 누그러진 듯했다. 그동안 말은 안했지만, 은진이 기명에게 섭섭했던 건 사실이었다. 나름 친하다고 생각했고, 친해지려고 노력했는데, 그럴 때마다 기명의 반응은 미적지근했다. 은진은 자신이 못나서, 예쁘지 않아서 그렇다는 생각에 사로잡혀 있었다.

"……이거."

"이게 뭐야?"

기명은 방금 전까지 준비했던 멘트들은 싹 다 잊어버린 채 무덤덤하게 은진에게 선물을 건넸다. 은진이 계단을 내려오며 기명이 건넨 선물을 받았다.

"남정이형네 쇼핑몰서 모델료 받았거든. 하나 샀어."

"제법이네. 이런 면도 있고."

"그냥…… 사과의 선물로다가."

은진이 미소를 지었다. 포장을 풀며 잔뜩 기대하는 눈치였다. 기명 역시 은진이 좋아해주길 바라며 포장을 뜯는 은진을 지켜보았다.

"!"

선물을 받은 은진은 자신의 두 눈을 의심했다. 기명이 은진에게 준 것은, '콕콕팍! 연도별 수능 기출 문제집'.

"이게…… 선물이야?"

"응. 맘에 들어?"

순진한 얼굴로 물어오는 기명을 보고 은진은 어처구니가 없었다.

"나보고 공부만 하다가 죽으라고?"

"너 공부 좋아하는 거 아니었어?"

"공부 좋아하는 애가 어딨냐. 해야 하니까 하는 거지."

"아, 싫으면 다시 주든가."

기명이 문제집을 빼앗으려 하자, 은진이 휙 피했다.

"됐어. 누가 싫대? 때 되면 풀어볼 거야. 건들지 마."

"핏. 가질 거면서."

"야, 우기명."

"응?"

"내가 진짜 못생겼어?"

"……아니."

"됐거든! 이미 2초 망설였거든!"

은진이 입술을 삐쭉 내밀었고, 기명은 애써 시선을 회피했다.

"어? 그건 뭐야?"

"문 앞에 광고지가 잔뜩 붙어있길래 떼 온 거야."

"뭔데?"

기명은 말을 돌리려 은진이 손에 든 것이 무엇인지 물었다. 기명은 은진에게서 전단지를 받고 살폈다.

"?!"

은진이 구긴 전단지를 펴 살펴보자 적혀있는 건 '패션왕 선발 대회' 공고였다. 기명은 전단지를 손에 쥐고 눈빛이 달라졌다. 은진이 그런 기명을 의아해했지만, 기명은 광고지에 집중한 채 말이 없었다.

'이거다!'

기명은 결심했다. 패션왕 선발 대회! 바로 이거였다.

"야, 나중에 보자!"

"어? 야! 어디 가?"

"가볼 데가 있어!"

"밤중에 갈 데가 어디 있다고?"

기명은 은진의 부름에도 아랑곳 않고 밖으로 뛰쳐나
갔다.

그가 도착한 곳은 럭키스타일 사무실.

며칠 전 퇴원한 남정이 텅 빈 사무실에서 홀로 정리를
하고 있었다.

"형!"

"?!"

기명이 숨을 헐떡이며 사무실 문을 열고 남정을 불렀
다. 남정은 갑작스러운 기명의 방문에 어리둥절한 얼굴
로 그를 바라보았다.

"뭐야, 너."

"저…… 패션왕 대회에 나가고 싶어요!"

"뭐?"

"……꼭 나가고 싶어요. 형. 도와주세요."

"하아, 새끼."

남정의 입가에 미소가 걸렸다.

"너, 자신 있냐."

"…….

기명은 남정의 질문에 말없이 고개를 끄덕였다.

"좋다. 한번 해보자!"

또다시 시작되었다. 기명의 새로운 도전이.

패션왕 선발 공고를 보았을 때 생각했다. 과거엔 빵셔틀, 삥이나 뜯기고 다니는 X찐따였는지는 모르겠지만, 지금은 아니었다. 달라지고 싶었고, 그랬기에 변할 수 있었다. 누구나 원래부터 왕따고, 찌질이였던 건 아니다. 그들에게 보여주고 싶었다. 기명도 달라질 수 있다는 걸. 무기명이 아닌, 우기명이란 걸 말이다.

아침이 밝았다. 럭키스타일 사무실은 대회가 시작될 때까지 일종의 합숙소로 변해있었다. 사무실 벽에는 워킹 하는 모델들 사진이 잔뜩 붙어있었다.

"야, 우기명! 너 진짜 대회 나갈 거냐."

"응."

"패션왕 대회 그거 우습게보면 큰일 난다. 괜히 나갔다가 X밥 돼서 돌아오는 수가 있어!"

"상관없어."

"오올, 이 새끼. 한번 방황하더니 졸라 쿨내가 진동하네?"

기명은 아랑곳 않고 벽에 걸린 사진들을 들여다보았다. 그 사이, 남정이 사무실로 들어왔다.

"왔냐."

"네, 형!"

"근데 넌 왜 여기 있어?"

남정이 창주를 향해 말했다.

"왜긴요. 오늘부터 패션왕 대회 때까지 같이 합숙하는 거 아녜요?"

"그러니까 네가 왜 왔냐고. 너도 대회 나갈라고?"

"에이, 형. 패션왕인데, 이 김창주가 빠지면 섭하죠."

남정은 창주를 위아래로 살폈다. 여전히 5대 5 가르마에, 여전히 하얗게 뜬 얼굴, 여전히 꽉 조이는 바지. 창주의 패션 스타일은 확고했다.

"에휴. 나도 모르겠다. 일단 앉아 봐."

남정은 앉으라는 손짓을 해보였다. 기명과 창주는 처음 남정에게서 패션에 대해 강의를 듣던 날처럼 나란히 앉았다.

"자. 그동안 내가 너희에게 가르쳐 준 건 단순한 간지였어."

"네!"

"하지만 그것만으로는 예선전도 빡셀 거다. 새로운 레벨로 올려야 돼."

"새로운 레벨?"

"레벨 업 좋죠. X발! 만렙 찍는 거야!"

창주는 상기되어 있었다. 기명은 진지하게 물었다.

"어떻게요?"

"바로……."

남정은 갑자기 웃통을 확 벗어젖혔다. 아직 몸이 성치 않았지만, 옷을 벗자 그의 근육질 상체가 여실히 드러났다.

"퓌지컬!"

"피, 피……지컬?"

"지금 너희들 몸 가지고는 워킹, 포즈 다 소용없다. 알아?"

"……."

탄탄한 남정의 몸에 비해 말라비틀어진 기명과 창주의 몸은 볼품없었다.

"몸부터 만들자, 새끼들아."

"!"

본격적으로 몸만들기에 돌입한 기명.

매일 새벽 같이 일어나 운동에 돌입했다. 10kg 아령을 들고 팔을 접었다 폈다 하는 것부터, 조깅에, 각종 운동들까지. 머리, 어깨 위에 책을 올려놓고 균형을 잡으며 걷는 연습을 했고 패션 잡지들을 모아놓고 코디를 분석하는 것도 빼놓지 않았다.

그렇게 점점 패션왕 선발 대회는 코앞으로 다가왔다.

홍대입구역 9번 출구 앞.

새벽 2시가 다 되어가는 시간이었지만, 사람들이 바글바글했다. 그 날은 바로 패션왕 지역 예선전이 시작되는 날이었다. 입구 앞에서는 패션왕 대회 스태프가 신분증을 확인한 후 목걸이를 나눠주고 있었다. 목걸이가 있는 사람만이 지하철로 들어갈 수 있었다.

먼저 도착한 남정과 창주가 발을 동동 구르며 아직도 도착하지 않은 기명을 기다리고 있었다.

"이 새끼 길 잃었나? 뭐하는 거여."

"그런데 무슨 대회 예선을 지하철역에서 한대요?"

"퍼포먼스지. 새벽시간 동안 통째로 빌렸대."

"늦어서 미안!"

숨을 헐떡이며 달려오는 기명이 보였다.

"야! 이제 오면 어떡하냐."

"죄송해요."

"됐다, 됐어. 얼른 들어가 봐."

"네!"

"야! 잠깐!"

"?"

"우기명, 이 자식. 너 자신 있지?"

지하철로 들어가려는 기명을 붙잡고 남정이 물었다. 기명은 말없이 고개를 끄덕였다.

"내가 전에 한 말 기억하지?"

"간지야말로 없는 자가 있는 자를 이길 수 있는 유일한 무기다."

"그래. 짜식. 잘 하고 와라."

남정은 기명의 머리를 헝클어뜨렸다.

"나는! 나는!"

"넌 이 새꺄. 대충 하고 떨어져."

"에이씨!"

기명만 챙기는 남정에 삐친 창주가 투덜거렸다. 그때였다.

"패션왕 지역 예선에 참가하는 지원자 분들은 속히 참가장 안으로 모여주시기 바랍니다. 다시 한 번 알려드립……."

참가자들을 부르는 안내 방송이 흘러나왔다.

"창주야. 가자."

"자, 그럼 떠볼까."

기명과 창주는 안내 방송을 따라 지하철 안으로 들어섰다. 옷이 잔뜩 든 가방을 끌고 가는 사람들 사이를 지나가는 그들은 누구보다 자신만만한 표정이었다.

"패션왕 지역 예선에 참가하신 여러분들을 진심으로 환영합니다. 그럼 시간 상 바로 예선전 진행에 대해서 설명해드리겠습니다."

안내 방송이 흘러나오고 잠시 후 전철이 도착했다. 문이 열리자 그 안에서 수많은 스태프들이 쏟아져 나왔다. 패션왕 로고가 박힌 하얀 티셔츠를 입고 저마다 카메라를 손에 들고 있었다.

"여러분은 본 전철에 탑승하셔서 2호선을 한 바퀴 돌 때까지 자신의 멋을 스태프들에게 마음껏 보여주면 됩니다."

스태프들 목걸이에는 패션왕 마크가 달린 뱃지가 걸려있었다. 스태들의 호명에 따라 전철 한 칸당 100여 명의 사람들이 탑승했고, 각각 번호표 하나씩을 건네주었다. 이어 계속 안내 방송이 흘러나왔다.

"여러분들의 모습은 지금 앞에 보이는 스태프들의 특수 제작된 카메라로 촬영을 하게 되며, 사진은 실시간 전송 시스템으로 심사위원들에게 전송됩니다."

"실시간 전송?"

"대박. 완전 리얼이네."

기명과 창주는 침을 꿀꺽 삼켰다.

"평가가 좋은 사람은 스태프를 통해 배지를 전달 받고 통과될 것이며, 탈락자는 바로 다음 정차하는 역에서 하차해주시면 되겠습니다. 부디 후회가 남지 않도록 최선을 다해서 좋은 결과를 얻으시길 바랍니다."

안내 방송을 끝으로 전철 문이 닫혔다. 덜컹거리며 출발하는 전철.

'자, 이제 시작이다!'

참가자들은 출발하자마자 서로 눈치를 보는가 싶더니, 스태프들에게서 배지를 받아내기 위해 경쟁을 펼쳤다. 지하철 칸의 끝과 끝을 오가며 런웨이를 하는 사람들도

173

있었고, 저마다 자신의 포토존을 만들어 포즈를 취했다.

기명은 참가자들을 눈으로 훑었다. 딱 보기에도 탈락
인 사람들이 대부분이었지만, 그에 못지않게 만만치 않
은 사람들도 있었다.

"우와……."

기명은 기대 반, 걱정 반의 심경으로 사람들을 구경하
고 있었다.

"야, 우기명."

"어?"

"뭐해."

"아, 참!"

기명이 참가자들에게 시선이 팔린 사이, 창주가 기명
을 발견하고 재촉했다. 모두가 배지를 받기 위해 튀어보
려고 안달인데, 아무 것도 하지 않으면 존재감 없이 묻힐
것이다. 저들 사이에서 튀어야 한다. 저들과 다른 무언가
를 보여주어야 한다.

스태프들이 사진을 찍으며 돌아다녔다. 기명은 어떤 포
즈로 어떻게 심사위원들의 마음을 사로잡을지 생각했다.

홍대입구역을 떠난 전철이 다시금 한 바퀴를 돌아오는데에는 많은 시간이 걸리지 않았다. 모든 역을 정차하지 않았기 때문에 시간은 그만큼 단축되었다.

남정은 담배를 뻑뻑 피우면서 전철이 돌아오길 기다리고 있었다. 잠시 후, 지하철이 도착한다는 안내 방송이 흘러나왔고 문이 열렸다. 남정은 이내 담배를 끄고 살폈다. 지하철에서 내리는 사람들의 수는 출발할 때보다 10분의 1이 줄어있었다.

"……!"

지하철에서 내리는 사람들 사이로 익숙한 얼굴이 보였다. 김원호.

"훗."

원호 역시 남정을 발견하고는 여유롭게 웃었다. 배지로 도배되었다는 표현이 어울릴 정도로 많은 배지를 달고 있었다. 그러나 남정은 원호를 바라보며 썩소를 날렸다. 속에서부터 치미는 분노가 쉽사리 가라앉지 않았다. 원호가 남정을 지나치려는 그때,

"남정이형!"

"기명아!"

"……?!"

전철에서 마지막으로 나온 사람은 기명이었다. 남정은 기명을 반겼다. 그러나 원호는 그 상황이 별로 반갑지 않았다.

"왜 저 새끼가……?"

원호는 기명이 대회에 참가한 사실을 모르고 있었다. 꿈에도 생각지 못했다. 기명이 대회에 나올 줄은.

"하아, 새끼. 역시 통과할 줄 알았다니까."

남정은 기명을 앞뒤로 살폈다. 배지 수가 굉장했다. 원호와 얼추 겨뤄볼 만했다.

"창주는요?"

"그 새낀 애저녁에 탈락해서 왕십리에서 내렸단다. 아마 지금쯤 울먹거리면서 집으로 가고 있을걸. 암튼 잘했다. 잘했어."

"헤헤……!"

기명은 멋쩍게 웃었다. 그러는 사이, 그제야 원호를 발견하고 정색했다.

"……."

"……."

전철 안에서 정신없이 클럽음악이 흘러나오고 있었지만, 둘 사이에는 고용한 침묵이 흘렀다.

"모두들 수고하셨습니다."

예선 합격자들이 모두 내리고 스태프가 말을 전했다. 원호와 기명의 시선이 모두 그리로 향했다.

"본 트레인 배틀에서 배지를 가장 많이 받은 1차 예선전 최고득점자를 발표하겠습니다."

"……."

"예선 최고득점자는……."

어느 정도 배지를 획득한 참가자들은 모두 자신이길 바라며 잔뜩 기대하는 눈치였다.

"참가자 우기명!"

기명의 이름이 호명되었다. 기명은 자신이 최고 득점자라는 사실에 놀랐다. 남정과 좋아라 얼싸안고 난리도 아니었다. 반면 기명이 자신을 제쳤다는 사실에 원호는 표정이 일그러졌다.

"하, 뭐야."

원호는 어이없다는 눈빛으로 기명을 바라보았다. 그 시선을 의식한 기명이 원호를 바라보았다.

'우기명, 김원호 예선 통과.'

그들의 진정한 대결이 이제 막 펼쳐지려 하고 있었다.

★ 본선 진출

패션왕 예선을 치르고 학교에 나타나자 아이들은 기명을 보고 수군거렸다. 예전 같았으면 그 시선들과 말들이 신경 쓰였겠지만, 이젠 개의치 않았다. 그때였다.

"학교 나왔네?"

"……!"

혜진이었다. 기명이 복도를 걷는데, 기다렸다는 듯 나타나 옆에서 나란히 걸었다.

"사과 안 할 거야."

"……."

"잘못하면 나까지 싸잡히는데. 너라면 내가 피해보길
원하지 않을 거라 생각했어. 거기서 내가 네 편을 든다고
바뀔 것도 없었잖아."

"훗."

"왜 웃어?"

"그냥. 너다워서."

"넌 내가 재수 없지 않아?"

"……."

기명은 걸음을 멈췄다. 그리고 혜진을 바라보았다. 혜
진 역시 그를 따라 걸음을 멈추고 기명을 보았다.

"기네스 펠트로."

"?"

"네가 전에 말했지. 기네스 펠트로 같은 배우가 되고
싶다고."

혜진은 기명을 물끄러미 바라보았다. 그 말을 왜 갑자
기 꺼내는 건지 궁금한 눈빛이었다.

"배우…… 꼭 돼라. 파이팅."

기명은 그 말 한마디만을 남기고 떠났다. 기명이 혜진에게 해줄 수 있는 말이라곤 그것뿐이었다. 이제 기명에게 혜진의 존재는 없었다. 그저 한때 좋아했던 여자애 그 이상 그 이하도 아니었다.

패션왕 대회 본선.

본선은 방송국 스튜디오에서 진행됐다. 몇 차례의 예선 심사를 거쳐 본선까지 올라온 후보들은 이제 몇 남지 않았다. 그 중에는 단연 눈에 띄는 원호도 있었다. 기명은 대기실에 앉아 인터뷰 방송을 보고 있었다.

"그럼 다음 참가자로 넘어가보겠습니다. 강력한 우승 후보로 손꼽히는 김원호군입니다!"

사회자가 원호의 이름을 호명하자, 원호가 웃는 얼굴로 나타났다. 예의 바른 모습으로 사회자에게 인사를 하며 싱긋 미소를 날렸다.

"안녕하세요."

"예, 안녕하세요. 김원호입니다."

여태까지 옷은 잘 입지만 개성 있게 생겼던 다른 참가

자들과는 다르게 잘생긴 원호가 나타나자, 방청객들의 환호성이 커졌다.

"원호군이 예선전에서 배지를 독식해버리는 바람에 본선진출자가 생각보다 많이 줄었더라고요."

"하하. 그만큼 다들 막강한 진출자들만 올라와서 생각보다 많이 긴장돼요."

"원호군은 어릴 때부터 패션에 관심이 많았나요?"

"아뇨. 이럴 줄은 꿈에도 몰랐어요."

거짓말이었다. 누구보다 패션에 관심이 많았고, 명품 아니면 손도 안 대는 놈이었다. 기명은 방송에서 보이는 원호의 가식적인 모습에 혀를 내둘렀다.

곧이어 기명의 차례가 되었다.

"그럼 다음 참가자를 인터뷰 하겠습니다. 이번 패션왕 대회에 새로운 다크호스로 떠오른 참가자인데요. 트레인 예선전의 최고득점자이기도 하죠! 우기명군!"

"안녕하세요."

"기명군은 오디션에 참가한 계기가 있나요?"

"아……그냥요."

"그냥? 하하, 아, 네……."

사회자의 질문을 뚝뚝 끊어버리는 기명의 대답. 사회자는 다음 질문으로 넘어갔다.

"그럼 패션은 언제부터 관심이 있었어요?"

"좋아하는 여자애한테 잘 보이려고 꾸며 본건데, 지금은 생각이 바뀌었어요."

"왜요. 좋아하는 여자분한테 차였나요?"

"네."

차였냐는 질문에 당당하게 차였다고 말하는 기명이었다. 사회자의 얼굴엔 당황해하는 기색이 역력했다.

"아 그래요? 그러면 지금은 왜 생각이 바뀌었나요?"

"누가 그러더라고요. 간지야말로 없는 자가 있는 자를 이길 수 있는 유일한 무기라고요."

"간지?"

"보여주고 싶었습니다. 진정한 간지에 대해서."

기명은 카메라를 정면으로 응시하며 말했다. 대기실에서 인터뷰를 지켜보던 원호는 피식 웃었다. 있는 자를 이길 수 있는 유일한 무기라고? 원호는 혀를 끌끌 차며 고개를 절레절레 흔들었다. 기명의 인터뷰는 계속되었다.

"이번 대회에서 주목할 점이 또 있는데요. 바로 김원호 군과 우기명군이 같은 학교, 같은 반 친구라는 겁니다. 이 반 여학생들은 요즘 애들 말로 진짜 계 탔겠어요."

사회자는 매끄럽게 진행을 하며 기명에게 말을 건넸다.

"앞서 원호군한테 기명군과의 대결이 부담스럽지 않느냐고 물어보니까 이렇게 말하더군요."

"어떻게요?"

"부담이 되기는 하는데, 기명군이 같은 반 친구라 잘되었으면 하는 마음이 있다고요."

"……."

"기명군이 우승해도 좋으냐는 질문에는, 만약 그렇게 된다면 진심으로 축하해 줄 거라고도 했어요."

기명은 피식 웃었다. 가식적인 원호의 대답에 도저히 웃지 않을 수가 없었다. 차라리 솔직하게 말하지. 역시 이미지 관리 하나는 철저한 놈이었다.

"기명군! 기명군은 어떨 거 같습니까. 친구인 원호군이 우승을 한다면요?"

"……."

"기명군?"

기명이 말이 없자, 사회자가 기명을 불렀다.

"저는……"

"……?"

"솔직히 기분 안 좋을 거 같아요."

"네?"

"그렇잖아요. 대회 나온 거 기왕이면 우승하려고 나온 건데, 제가 우승하지 않는 이상 기분이 좋을 리 없죠."

기명의 대답에 관중들은 야유를 보냈다.

"그래도 누가 우승을 하든 인정하고 받아들일 겁니다."

인터뷰가 끝나고, 본선 대결을 위해 진출자들은 대기실에 머물렀다. 각 대기실은 커다란 드레스 룸으로 꾸며져 있었다. 방을 가득 메운 수많은 옷걸이에는 색상별, 사이즈별로 나눈 정장들이 가득 걸려 있었다. 사회자가 외쳤다.

"1차 본선 주제는 '사회인'입니다."

"……!"

참가자들은 다들 놀라워하는 눈치였다. 사회인이라 하면 가장 평범한 것 같으면서도 가장 표현해내기 어려운 주제였다.

"여러분 앞에 다양한 디자인의 수트가 놓여있습니다. 각자 자기 사이즈에 맞는 옷을 코디해 피팅해주세요! 제한시간은 5분입니다."

5분이란 시간은 순식간에 흘러갔다. 카메라는 참가자들이 옷을 고르는 모습들을 찍어 여과 없이 방송으로 내보냈다. 순발력과 패션 센스를 보고자 함이었다.

네 명의 참가자가 차례대로 수트를 입고 나타났다. 심사 위원들은 각기 심사평을 하고는 점수를 매겼다.

"……"

기명은 원호를 힐끗 쳐다봤다. 하여간 멋진 놈이다. 인정할 건 인정해야 했다. 학생답지 않아 보이는 수트발에 대단하다는 느낌이 들었다. 심플하면서도 압도적으로 그를 각인시키고 있었다.

"자, 패션왕 최종 결승자 발표를 하겠습니다. 최종 결승자는……."

기명은 제발 자신의 이름이 호명되길 기도했다. 답지 않게 두 눈을 감고 속으로 자신의 이름을 외쳤다.

"참가번호 2번 김원호."

'역시 김원호구나' 하는 순간,

"참가번호 4번 우기명!"

기명의 이름도 호명되었다.

본선이 끝나고 기명은 화장실에 들렀다. 손을 씻고 있는데, 원호가 들어와 기명의 옆 세면대에서 손을 씻었다. 기명은 놀라지 않고 손 씻는데 집중했다. 수도꼭지를 잠그고 페이퍼 타월로 손을 닦으려는데, 원호가 머리를 다듬으며 혼잣말을 하듯 중얼거렸다.

"무기명. 결국 너랑 여기까지 오는구나. 대단해."

"……."

"네까짓 거랑 결승 진출이라니. 이 대회도 이제 한물 갔나보다."

"넌 내가 그렇게 밉냐."

"응. 미워졌어."

원호 역시 손을 다 씻고, 페이지 타월로 손을 닦았다.

"남은 목숨 걸고 기어오르는데, 넌 뭐든지 대충 사는 거 같아. 그런데도 다 잘 풀리는 거 같거든. 널 보면 내가 바보처럼 느껴져."

"나도 최선을 다 해."

"오글거린다, 야."

원호는 폰을 꺼내 기명에게 보여주었다. 폰에서는 동영상이 흘러나오고 있었다. 기명의 두 눈이 휘둥그레졌다. 영상은 과거에 어쩔 수 없이 찍었던 것이었다. 중학교 일진 놈들이 억지로 시킨 것이었지만, 추할대로 추한 기명의 모습이 담겨져 있었다.

"선택할 기회를 줄게."

"기회?"

"그냥 여기까지만 해서 깔끔하게 포기하면 이 동영상 영원히 삭제할게. 이거 예전 거랑은 상대 안 되게 세더라. 너 괴롭히던 놈들 왜 이렇게 저질이냐."

"협박…… 하는 거냐."

"응. 나도 절박하거든."

원호는 나지막이 말했다. 기명은 손이 떨리는 것이 느껴졌다.

"아무튼 생각 잘 해. 후회하지 말고."

원호는 손을 닦은 휴지를 휴지통에 버리곤 화장실을 나섰다. 기명은 짧은 한숨을 내쉬었다. 걱정스러운 눈빛이 가늘게 떨렸다.

기명이 홍대에 막 도착했을 땐, 이미 남정과 창주가 약속 장소에 도착해 있었다.

"미안, 늦었지!"

"봐. 봐, 이 새끼는 항상 일부러 늦게 온다니까 밀당이 뭔지를 아는 새끼야. 우기명 이 새끼 넌 해낼 줄 알았어!"

"아직 끝난 것도 아닌데, 뭐."

기명이 자리에 착석했다.

"고생했다. 앞으로 한 번만 더 달리자."

"네, 형!"

"그나저나 얘는 왜 이렇게 안 오냐."

"응? 누구?"

"곽은진."

"뭐? 은진이? 은진이가 여길 와?"

"어. 오기로 했는데."

그때였다. 딸랑. 가게 문이 열리고 누군가 안으로 들어왔다. 모두의 시선이 그쪽으로 향했다.

"와아……."

찰랑거리는 머릿결에 갸름한 얼굴의 귀여운 이목구비가 누가 봐도 미인인 여자애가 가게 안으로 들어왔다.

기명은 입을 벌리고 여자애를 바라보았다. 여자앤 문 앞에서 두리번거리는가 싶더니 이내 일행을 발견한 듯 걸음을 옮겼다. 어? 근데 이리로 온다? 기명은 주위를 살폈다.

'뭐지? 주위 테이블엔 손님이 없는데, 왜 이리로 오지?'

그 사이, 여자애가 기명의 테이블로 다가왔다.

"안녕."

"?!"

기명을 향해 손을 흔드는 여자애. 기명은 속으로 생각했다. '내가 아는 앤가.'

"······누구세요?"

"뭐래. 나 은진이야."

"뭐?"

"은진이라구. 곽은진."

"!"

기명은 눈을 비볐다. 설마 했는데, 진짜 은진이었다.

"헐······ 대박. 교정기 뺏어? 굉장히 달라 보이는데."

기명이 은진에게서 눈을 떼지 못하는 사이, 은진은 자리에 앉았다. 곁에 있던 창주 역시 놀라기는 마찬가지였다.

"곽은진 의느님 축복 제대로 받았네. 대박! 너 도대체 어디 어디 고쳤냐. 죽었다가 다시 태어난 거 아냐?"

"시끄러. 조용히 해."

깐죽대는 창주를 한 대 때리는 시늉을 하는 은진. 목소리나 하는 행동은 달라진 게 없었다. 기명은 은진을 가만히 바라보더니 피식 웃었다. 그런데,

"어?"

"야, 우기명. 너……."

뚝뚝. 기명의 코에서 피가 흘렀다. 때 아닌 코피에 기명은 코를 막고는 부랴부랴 화장실로 향했다.

"저 새끼, 요새 잠도 못 자고 무리하더니……."

남정의 말에 은진은 걱정스러운 눈빛으로 기명을 바라보았다.

기명은 세면대에서 코피를 닦아냈다. 거울을 확인하며 뒤처리를 하는데,

"아! 깜짝이야!"

은진이 어느새 나타나 거울을 통해 기명을 지켜보고 있었다. 기명은 뒤돌아서며 말했다.

"여기 남자 화장실이야."

"그렇게 막으면 안 멈춰."

남자 화장실이라는 데도 은진은 아랑곳 하지 않았다. 휴지를 뜯어 다시 말아선 기명의 코에 꽂으려 했다.

"아, 됐어."

"가만있어 봐."

기명은 됐다고 했지만, 은진의 고집에 어쩔 수 없이 휴지로 코를 막았다. 기명은 자신을 치료해주는 은진을 내려다보았다.

　"넌…… 나한테 왜 이렇게 잘 해주는 거야?"

　"착각하지 마. 불쌍해서 그러는 거니까."

　상처에 집중하던 은진은 자신을 바라보는 시선을 느꼈다. 이내 기명과 시선이 마주쳤다.

　"!"

　은진이 살짝 뒤로 물러서며 시선을 외면했다.

　"많이 예뻐졌네. 곽은진."

　"……!"

　처음 듣는 말이었다. 기명에게서 예쁘다는 소리를 들을 줄이야. 은진의 얼굴이 붉어졌다.

　"맘씨가."

　"뭐?!"

　장난을 치는 기명에 은진은 입술을 깨물며 주먹으로 기명의 가슴팍을 툭툭 쳤다. 분을 풀릴 때까지 마구 때리는 은진의 손을 순간 기명이 잡고 끌어 당겼다. 그 바람에 둘의 사이가 가까워졌다.

"……!"

꿀꺽. 침이 절로 목구멍을 타고 넘어갔다. 허공에서 만
난 두 사람의 시선이 점점 가까워졌다.

"고맙다, 은진아."

은진은 낮고 진지한 그의 목소리에 심장이 두근거렸
다. 이대로 시간이 멈추면 좋겠다고 생각했다. 점점 두
사람의 얼굴이 가까워지려는 찰나, 주르륵!

"야. 너, 코피!"

기명의 반대쪽 코에서도 코피가 났다. 분위기도 모르
는 코피, 너란 녀석. 기명이 황급히 세면대에서 코피를
씻어내던 그때였다.

쪽!

"!"

기명의 볼에 뽀뽀를 한 건, 은진이었다. 기명이 볼을
어루만지며 놀란 눈으로 은진을 바라보자, 은진은 싱긋
웃었다.

"나도, 고마워."

은진은 그렇게 화장실을 나갔고, 기명의 코에선 아직 코피가 흘러내리고 있었다.

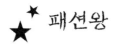 패션왕

패션왕 결승전 당일.

방송국 런웨이장에는 기명과 원호의 대형 브로마이드
가 무대 배경으로 설치되어 있었다. 결승전답게 녹화장
은 크고 화려했다. 팬들은 저마다 자리에 앉아 무대가 시
작되기를 기다리고 있었다. 여느 때보다 뜨거운 현장이
었다.

그러나 바깥 상황과는 다르게 무대 뒤 상황은 긴박했
다. 문제는 아직까지 기명이 도착하지 않았다는 것!

"너 이 새끼들, 출연자 관리 안 하고 뭐 했어!"

"죄송합니다."

패션왕 담당PD는 애꿎은 스태프에게 불같이 화를 내고 있었다. 몇몇은 기명 혹은 그에게 연락이 닿을 수 있는 사람들에게 전화를 걸고 있었다.

"일단 전회 하이라이트랑 광고 늘려서 시간 벌고, 우기명 빨리 찾아내. 알았어?"

담당PD는 언성을 높이며 해결책을 간구하고 있었다. 이 상황을 지켜보던 원호는 여유로운 표정을 지었다. 모두들 정신없이 바쁜 가운데, 혼잣말로 나지막이 지껄였다.

"안 올 텐데……."

원호는 여유롭게 피식 웃었다. 그리곤 폰에 들어있는 영상을 확인하며, 삭제 버튼에 손가락을 가져갔다.

"늦어서 죄송합니다!"

헐레벌떡 우기명이 뛰어 들어왔다.

"너 이 새끼……!"

"죄송합니다. 늦잠을 자는 바람에 그만. 죄송합니다!"

한 대 때릴 듯 이를 아득바득 가는 PD에게 기명은 90도로 허리를 숙이며 연발 죄송하다는 말을 내뱉었다.

"일단 방송부터 나가자. 빨리 준비해!"

PD의 말에 스태프들이 일제히 흩어졌다. 고개를 든 기명의 눈앞에는 원호가 서 있었다.

"……."

"너…… 내가 잘 생각해보라고 말했을 텐데."

"어. 잘 생각해봤어."

"근데 그 결과가 이거야?"

"응. 이거야."

원호는 미간을 찌푸렸다.

"영상을 뿌리든 삶아먹든 네 맘대로 해. 나 이제 그런 거 하나도 안 무서워. 네 협박은 더더욱 안 무섭고."

"……!"

"결승전인데 아무쪼록 잘 해보자."

기명은 원호의 기에 눌리지 않고 또박또박 말을 이었다. 이윽고 원호에게 악수를 건넸다. 원호는 기명의 손과 얼굴을 번갈아보더니, 헛웃음을 지었다.

탁! 원호는 기명의 손을 쳐내고는 제 갈 길을 가버렸다.

"휴우……."

기명은 한숨을 내쉬었다. 말은 그렇게 했지만, 원호가 갖고 있는 영상이 이제 곧 사람들에게 뿌려질 걸 생각하니 암담해졌다. 그러나 지금은 그깟 영상 따위에 신경 쓸 처지가 아니다. 지금은 이 대회에만 집중하자. 패션왕 대회에만!

"이제 최후의 두 사람만이 남았습니다. 마지막 패션 주제는 바로……."

무대의 막이 오르고 사회자는 결승전의 주제를 발표했다. 발표하기에 앞서 사회자가 약간의 시간을 끄는 동안 사람들은 모두 그의 입에 집중하며 마지막 런웨이에 대한 궁금증을 더해갔다.

"삶입니다!"

주제가 발표되자, 그곳에 있던 방청객들, TV를 보고 있던 시청자들, 그리고 대기실에서 준비 중이던 기명과 원호까지 모두 놀라는 눈치였다.

"자신들이 살아오면서 느낀 삶의 정의를 패션으로 표현하세요. 대중에게 가장 많은 공감대를 얻은 참가자의 삶이 이번 패션왕 대회의 우승자를 결정하게 될 것입니다."

사회자의 멘트가 끝나자 중간 광고가 흘렀다.

"삶이라……."

기명은 생각했다. 자신에게 삶이란 무엇일까. 그동안 우기명의 삶이란 어떤 것이었을까. 밖은 소란스러웠다. 방청객들의 함성과, 바쁘게 움직이는 스태프들의 발걸음 소리가 들렸다. 그러나 대기실은 오히려 평온해졌다. 바쁘게 돌아가는 세상과 다르게 기명은 온전히 자신에게 집중했다.

'나에게…… 삶이란 뭘까.'

거울 속에 앉아 있는 기명에게 기명이 물었다. 그리 별로 잘생기지 않은 얼굴에, 귀두컷 빼고는 특이할 것 없는 스타일, 그리고 무엇보다 무슨 생각을 하고 있는지 자기 자신도 알 수 없는 저 표정. 기명은 한동안 자리에 앉아 움직이지 않았다.

옷을 고르고 피팅할 시간이 점점 촉박해져 왔지만 스스로를 재촉하지 않았다. 지금 이 순간은 '삶'에 대한 답을 내리는 것에 집중했다.

원호는 무슨 생각을 하고 있을까. 그는 답을 내렸을까. 그가 표현하는 삶이란 어떤 삶일까.

"자, 이제 패션왕 선발 대회 결승전 런웨이 무대만을 남겨놓고 있는데요. 이번엔 조금은 특별한 영상을 준비했다고 합니다. 바로 각 참가자들의 평상시 모습을 촬영한 것인데요. 이 영상을 통해 참가자들의 삶이 어떤 것인지 힌트가 될 수 있길 바라면서 지금 바로 만나보도록 하겠습니다. 강력한 패션왕 후보조. 김원호군! 나와 주세요!"

사회자의 소개가 끝이 나고, 무대 영상엔 원호의 모습이 흘러나왔다.

"와아아!"

원호의 모습이 화면에 나오자, 사람들은 소리를 질렀

다. 특히 여학생들이.

화면에서는 원호가 창가에 앉아 책을 읽고 있는 모습부터 시작해, 학교에 등교하는 모습, 공부하는 것, 밥 먹는 것, 옷을 갈아입고, 포즈를 취하는 모습 등 그의 다양한 일상들이 흘러나왔다. 잘생기고 멋진 놈. 원호를 더 돋보일 수 있는 영상이었다.

"꺄아악!"

그 영상을 배경으로 무대 뒤에서 원호가 나왔다. 프로 모델 같은 워킹을 선보이며 런웨이를 활보하는 그. 그의 패션은 압도적이었다. 머리끝부터 발끝까지 하나같이 최고급의 명품으로 치장한 원호였다. 품격 있는 스타일만큼이나 품격 있는 가격들의 옷. 원호가 선택한 '삶'은 바로 이런 것이었다.

무대 뒤에서 원호를 화면으로 지켜보던 기명은 여전히 그대로였다. 옷도 갈아입지 않은 채 멍하니 화면을 들여다보고 있었다.

"야! 우기명! 너 아직도 이러고 있으면 어떡하냐!"

"옷 안 갈아입냐!"

대기실을 찾은 건 남정과 창주였다.

"하아 새끼. 멍이나 때리고 앉아있고 말이야. 도대체 생각이 있는 놈이야, 없는 놈이야."

남정은 준비된 옷들 중에서 재빨리 기명에게 어울릴 만한 옷을 선별했다.

"형……."

"뭘 입혀야 되냐."

"형……."

"뭐, 이 자식아."

"저 뭐 입을지 생각해놨어요."

"?!"

옷을 고르던 남정은 기명을 바라보았다. 기명은 남정 과 창주를 향해 자신만만한 눈빛을 보였다.

"무슨 옷?"

기명은 말없이 어느 한 곳을 바라보았다. 기명의 눈이 향한 곳으로 남정과 창주의 시선이 향했다.

"야, 장난해? 저걸 어떻게 입냐."

창주가 말도 안 된다는 소리라며 반박했지만, 기명은

이미 결정을 내린 후였다.

"그래. 알았다."

"네? 형. 그래도 저건 너무……."

"됐어. 기명이가 선택한 거잖아. 마지막은 후회가 없어 야지."

남정은 기명의 의도를 알아차리고 미소를 지었다.

"자, 다음 참가자입니다. 앞서 김원호군과 막상막하의 점수를 받으며 결승전까지 올라온 참가자인데요. 소개합 니다! 우기명군입니다!"

기명의 영상이 흘러나오며, 런웨이에 기명이 등장했 다. 사람들의 환호성이 커졌다. 그러나 이내 그 환호성이 잦아들고 모두 수군거리기 시작했다.

"뭐야. 저렇게 입고 나와도 되는 거야?"

"저게 무슨 패션이야."

"쟤는 도대체 무슨 생각이래?"

런웨이를 활보하는 기명이 입은 옷은 다름 아닌, 교복 이었다. 평상시 기명이 제일 많이 입고 다니는 옷, 교복.

기명에게 삶이란 바로 이 교복에 있었다. 아침에 일어나 교복을 갈아입은 후에는 수업을 들을 때도, 밥을 먹는 때도, 친구들과 놀 때도, 심지어 화장실을 갈 때도 교복을 입고 있었다. 하루 중 제일 많은 시간을 이 교복과 함께 했다. 누구나 입는 것이고, 누구나 소화해낼 수 있지만, 교복은 그 안에서도 자신만의 스타일을 창조해낼 수 있는 옷이었다.

"!"

그때였다. 수군거리는 소리가 점점 커지더니 분위기가 바뀌었다. 가만 보니, 사람들의 시선은 기명이 아닌 기명의 뒤쪽을 향해있었다. 기명은 워킹을 멈추고 뒤돌아섰다.

"……!"

화면에서 흘러나오는 영상이 지지직 거리더니, 다른 영상으로 바뀌었다. 기명의 지난 3년 동안의 과거가 흘러나오고 있었다. 밥 먹고 있는 여자애들 앞에서 저질스러운 춤을 추는가 하면, 일진의 호령에 따라 '하나, 둘!' 하며 토끼뜀으로 복도를 지나가는 모습, 시간 내에 빵을 사오느라 헐레벌떡 뛰어오는 모습들이 찍혀있었다. 팬티만 입고 수업을 듣고 있는 데도 선생님이 알아차리지 못하는 영상도 있었다. 물론 이 모든 영상들은 일진들의 협박 때문에 찍을 수밖에 없었던 것들이었다.

PD들과 제작진, 스태프들은 모두 당황스러웠다. 재빨리 수습하려고 해봤지만, 그 동안에도 크나큰 화면 속에서 과거의 기명이 적나라하게 드러났다. 이건 누구의 의도일까. 대회 시작 전, 원호에게 선전포고를 날린 것이 기명의 뇌리를 스쳤다.

'영상을 뿌리든 삶아먹든 네 맘대로 해. 나 이제 그런 거 하나도 안 무서워. 네 협박은 더더욱 안 무섭고.'

설마 했다. 진짜 이렇게 더티한 방법을 쓰리라곤 생각지도 못했다. 기명은 주먹을 꽉 쥐었다.

"대회를 진행하던 중 잠시 사고가 있었습니다. 시청자 여러분께 사죄를 말씀을 드리며……엇?"

사회자가 방송 사고에 대해 멘트를 날리는 그때, 기명이 저벅저벅 그에게 다가가 마이크를 빼앗아 들었다.

"우기명군! 우기명군?!"

"할 말이 있습니다."

"……?"

기명은 마이크를 잡고 말을 꺼냈다. 순식간에 마이크를 빼앗긴 사회자가 기명을 불렀고, PD가 다급히 제지했지만 기명은 마이크를 차지할 수 있었다. 그러나 지금 자신에게로 쏠리는 시선들을 감당하기는 어려웠다. 도망치고 싶었다. 마이크를 붙잡은 손이 부들부들 떨렸다. 기명은 침을 삼키고, 양손으로 힘껏 마이크를 쥐었다.

"맞습니다. 저 중학교 3년 동안 빵셔틀을 했습니다!"

"……!"

좌중은 더욱 시끄러워졌다.

"일진들이 무서워서 그들이 하라는 대로 하면서 살았습니다. 빵도 뜯기고요."

"……."

"졸업만 하면 뭔가 달라질 줄 알았는데, 하나도 바뀐게 없었습니다. 여전히 아이들은 날 무시하고 하찮게 생각했습니다."

"……."

"그래서 악착같이 달라지려고 노력했습니다. 패션으로는 그 누구도 주인공이 될 수 있으니까요. 그래서 지금 여기까지 왔습니다. 여러분이 보시는 게 바로 제 삶입니다. 더도 덜도 않은, 그대로의 제 삶입니다."

관중석이 조용해졌다.

"그래서 전 이 교복이 좋습니다. 언젠가 벗어던질 날만을 기다리면서 입고 있지만, 그래도 지금은 이 교복을 입고 있는 게 좋습니다."

기명은 한동안 고개를 들지 못했다. 손에 들었던 마이크를 떨어뜨렸다. 이제 어떻게 되어도 좋다. 저들이 비난을 해도 괜찮다. 어차피 자신이 우기명인 것은 바뀌지 않는 사실이니까.

"……멋지다! 우기명!"

그때였다. 관중석에서 누군가 기명을 향해 외쳤다.

"멋있다! 우기명!"

"잘 생겼다! 우기명!"

"우기명, 우기명!"

기명은 고개를 들었다. 관중석은 기명을 이름을 외치

며 환호했다. 대회장은 객석 여기저기서 기명을 외치는 소리로 가득했다.

"……!"

기명은 가슴 속에 차오르는 알 수 없는 감정들에 울컥했다. 애써 눈물을 삼키며 기명은 다시 앞으로 걸어 나갔다. 한 발짝, 한 발짝…… 런웨이를 걷는 기명은 그동안 연습했던 모든 것을 쏟아냈다. 대회가 끝이 났을 때 아무런 후회가 없도록.

"패션왕 대회의 최종 우승자를 발표하겠습니다. ARS와 인터넷 투표, 관중 호응도를 종합하여 산출한 결과, 최종 우승자는……!"

사회자가 다시 마이크를 들었다.

"우승자는 바로……!"

상관없었다. 우승자가 누구건, 패션왕이 누가 됐건, 기명은 개의치 않았다. 나를 가꾸고, 꾸밀 줄 아는 사람이라면 누구나 될 수 있었으니까.

그러니까…… 우리는 모두 패션왕이다.

끝나지 않는 것은 없다.

구름도, 나무도, 그리고 사람도 언젠가는 사라진다.

좋은 것도 싫은 것도 다 담아두고 가고 싶었다.

즐거운 것만 찾기에도 내 인생은 너무 짧다.

나는 더 이상 무기명이 아니다.

나는……

우기명이다.

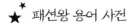
패션왕 용어 사전

빵셔틀 : 일진의 빵을 매점에서 일진에게 배달하는 서비스. 주로 특별히 선별된 인원이 맡게 된다.

유사한 종류로는 일진의 급식을 대신 받고 대신 정리해주는 급식셔틀, 데이터 무제한 요금제를 사용해서 일진이 마음껏 데이터를 사용할 수 있도록 테더링 서비스를 해주는 와이파이셔틀, 일진의 아이디로 렙업과 게임머니를 불려주는 게임셔틀 등이 있다.

학주 : 학생주임의 줄인 말.

존잘 : 존나 잘 생김의 줄인 말.

페북 : 페이스북을 줄인 말. 전 세계에 약 10억 명에 가까운 회원 수를 자랑한다. '좋아요' 숫자로 적나라하게 친분 관계와 사회적 지위가 드러나는 심오한 세계이자 인생의 낭비로도 유명하다. 회원들 사이에는 대체 왜 '싫어요' 버튼은 안 만드냐는 의견도 존재한다.

떡볶이 코트 : 줄여서 떡코라고도 한다. 정확한 명칭은 더플(duffel) 코트. 원래 군용으로 제작되었다가 인기를 끌어 널리 퍼지게 되었다. 단추 대신 끈으로 여미는데 끈을 이어주는 부분에 떡볶이가 달린 것 같다 하여 떡볶이코트로 불리게 되었다. 한때 선풍적 인기를 끌었지만 패딩의 대두와 함께 역사의 뒤안길로 사라졌다. 하지만 연예인이 방송에 입고나오면 다시 반짝하는 저력을 가졌다.

★

몽클 : 이탈리아 브랜드인 몽클레르에서 만드는 패딩. 대단한 고가이다. 원래 발음은 몽클레르이지만 moncler를 영어식으로 읽다 보니 몽클레어로 통하게 되었다. 전 대통령의 손녀가 입고 있었다는 것도 유명한 일화.

스탁 : stork, 그냥 보세라고 생각하면 된다. 진품은 사고 싶은데 돈이 아까운 사람들을 위한 소중한 기회.

교미스테 : 라코스테의 짝퉁. 악어가 두 마리로 늘더니… 하는 짓이.

짭 : 짝퉁의 줄임말. 참고로 짝퉁은 표준말이다. 속어긴 하지만.

포텐 터지다 : 포텐은 포텐셜(potential)의 줄임말. 숨겨져 있던 잠재력이 눈을 떠 폭탄처럼 터진다는 의미. 어원은 풋볼매니저(Football manager)라는 축구 게임 유저들.

즐추 : 인터넷 즐겨찾기 추가.

이말년 : 웹툰작가, 본명은 이병건. 병맛 터지는 웹툰을 연이어 발표하여 인기를 끌었다.

투블럭 컷 : 윗머리와 앞머리는 길게, 아랫머리는 짧게 길이에 차이를 주어 두 개의 블럭을 만드는 컷. 언밸런스하며 개성 있는 스타일을 만들 수 있다.

★

스파이 샷 : 피사체의 허락을 받지 않고 몰래 찍은 사진. 파파라치 컷.

다크템플러 : 게임 스타크래프트에 등장하는 유닛. 처음 생성될 때부터 눈에 보이지 않는 은신형 유닛. 눈에 띄지 않는 사람들을 일컫는 대명사격 존재.

아콘 : 역시 게임 스타크래프트에 등장하는 유닛. 대형 유닛이며 늘 하얗게 빛난다.

발망 : Balmain. 프랑스의 의류 브랜드.

개기다 : 정확한 표기법은 '개개다', '개겨서'는 '개개어서'라고 쓰는 것이 옳다.

의느님 : '의사 + 하느님'의 신조어. 특히 성형의술의 은총을 누린 자들, 혹은 은총에 감탄하는 자들이 빈번하게 사용한다.

소설
패션왕

초판 1쇄 인쇄 | 2014년 11월 7일
초판 1쇄 발행 | 2014년 11월 13일

원작 | 기안84
글 | 와이랩(YLAB)
윤문 | 3B연필

발행인 | 양원석
편집장 | 박정훈
영업마케팅 | 김경만, 정재만, 곽희은, 임충진, 장현기, 김민수, 임우열,
　　　　　　윤기봉, 정미진, 송기현, 우지연, 윤선미, 이선미, 최경민
펴낸곳 | ㈜알에이치코리아
주소 | 서울시 금천구 가산동 345-90 한라시그마밸리 20F
편집 문의 | 02-6443-8867
구입 문의 | 02-6443-8828

홈페이지 | www.randombooks.co.kr
등록 | 2004년 1월 15일 제 2-3726호

ISBN 978-89-255-5461-7 (03810)